PEDRO CABIYA

San Juan, 2 de noviembre de 1971. Autor de doce libros y más de un centenar de ensayos, Cabiya es uno de los escritores más queridos y leídos en el Caribe hispano. Su obra ha sido reconocida por el Pen Club, el Instituto de Literatura Puertorriqueña y la Asociación de Escritores y Periodistas Dominicanos. En el 2014 fue galardonado con el prestigioso Caonabo de Oro por excelencia en las letras, distinción que comparte con Juan Bosch, Pedro Mir, Julia Álvarez y Luis Rafael Sánchez, entre otros. Ha participado en numerosas antologías internacionales y sus cartas abiertas, artículos de opinión y ensayos sobre política, religión, derechos humanos, arte y ciencia se convierten regularmente en fenómenos virales. Sus libros más notables incluyen *Trance*, *La cabeza*, *Historias tremendas*, *Historias atroces* y *Malas hierbas*, ganadora esta última del Foreword INDIES Best Science Fiction/Fantasy Book Award en el 2016 y publicada en inglés por Mandel-Vilar Press. Su novela *Reinbou* fue llevada a la pantalla grande. Síguelo en sus redes.

www.pedrocabiya.com
Facebook.com/PedroCabiya
Twitter: @PedroCabiya
Instagram: @pedrocabiya

REINBOU

ZEMI

BOOK™

REINBOU

Pedro Cabiya

Zemí Book (Crown Octavo)

SAN JUAN - SANTO DOMINGO - NEW YORK

Otros títulos de Pedro Cabiya:

Trance
Historias tremendas
Historias atroces
La cabeza
Malas hierbas
Saga de Sandulce
Tercer Mundo

Próximamente:
Fábula

Información sobre pedidos. Descuentos especiales disponibles en compras de gran cantidad por corporaciones, asociaciones y otros; para obtener más información, comuníquese con los editores en **ventas@zemibook.com**. Pedidos de librerías y mayoristas de los Estados Unidos, comunicarse con Ingram Distributors.

Título: *Reinbou*
Copyright © 2019 Pedro Cabiya

www.pedrocabiya.com

ISBN: 978-9945-9168-2-9
Impreso en Estados Unidos
Arte de portada: Matt Cunningham
Diagramación y diseño de cubierta: Critical Hit Studios
Paratexto de contratapa: Néstor E. Rodríguez

Para Thiago y Wara

Al fin de la batalla
y muerto el combatiente...
César Vallejo

Aviso

Parte de la trama de esta novela tiene como referente la Guerra Civil Dominicana de 1965, también conocida como la Revolución de Abril. El relato no aspira a exactitudes históricas ni a precisiones geográficas, y sí obedece a conveniencias narrativas y al imperio de la imaginación. Sus personajes principales y los hechos narrados son ficticios. Cualquier parecido con la realidad es pura coincidencia.

1965

Mi RELATO COMIENZA con un gringo.

Sí, con un gringo.

Más glamoroso de ahí no se pone.

♣

Palabra fea esa, *gringo*. Parece como que va a pegar un brinco, con ahínco, en cinco… quizá porque suena a *spring*, o esprín, esos resortes cilíndricos dentro del colchón que almacenan energía de compresión cuando nos acostamos y la liberan, sin sufrir deformaciones, cuando nos paramos de la cama.

Yo sé que les prometí que no entraría en dibujos enciclopédicos ni digresiones educativas, que para eso ya tienen suficiente con la escuela, pero déjenme romper mi promesa desde el saque para luego no romperla más, o no romperla tanto: gringo no se origina en la frase "Green go", como dicen las malas lenguas, el color haciendo referencia al uniforme de los soldados estadounidenses y el verbo una puntual exhortación a irse del lugar ocupado. Gringo se origina en la palabra "griego", como en la frase "¿en qué idioma quieres que te lo diga, *en griego*?" Una forma despectiva para designar a la persona que habla el español machucado y que no entiende ni pepa cuando se lo hablan.

Y como los soldados estadounidenses se han metido en casi todos los países hispanohablantes en alguno que otro momento, la palabra terminó por designar exclusivamente a los habitantes de ese país ejemplar.

Pero quizá deba ser más consecuente con la época de mi historia y usar la palabra *Yankee*, originalmente el gentilicio de los moradores de la costa nordeste de los Estados Unidos. Yankee mejor, sí, porque Yankee era la palabra que se usaba, la que aparecía escrita en los muros, en las banderas, en las pancartas, y la exhortación no era tal, sino una orden: *Yankees Go Home!*

El gringo, o griego, o Yankee con el que abre mi cuento se llama Julius Horton, Capitán de la Marina de los Estados Unidos.

Atiendan.

En Santo Domingo hace un calor de los mil diablos y los mosquitos se mueren por contarle a alguien sus secretos, especialmente a los Marines, que se dan de cachetadas y a veces los matan y a veces no. El capitán Horton añora su natal

Michigan, lo cual nos dice mucho de lo harto que está, de lo mal que la pasa, de lo mucho que padece, porque si alguien odia su lugar de origen ese es el capitán Horton.

De un día para otro sus años de juventud se han convertido en un vago recuerdo. La medianía de edad lo sorprendió un buen día, como una emboscada. Sirvió en Corea como Primer Teniente, sin distinguirse. Vio poca acción, escribió informes y sometió formularios, actividades que consumen tres cuartas partes de la vida de un soldado. Alcanzó el rango de Capitán sin insistir mucho en ello y sin merecerlo, y le importaba un rábano alcanzar el de Mayor, para lo cual no movía ni movería un dedo. Esta sería su última misión. Se retiraría, cobraría su pensión de veterano, abriría una tabaquería, o una tienda de provisiones, o un taller de mecánica, en Nueva York, o en New Jersey, quizá. Mientras tanto, tendría que dignificar esta ridícula misión tropical, tomándose en serio "la influencia soviética" que ha corrompido a los guerrilleros constitucionalistas, y el mandato de "salvar vidas norteamericanas".

Si le dejaran el asunto a él, fusilaría a toda la alta plana militar del país por inservible (¿para qué sirven unas fuerzas armadas que deponen a un presidente electo, son derrotadas por combatientes en mangas de camisa, y luego piden ser invadidas por una potencia extranjera?), y después derramaría napalm sobre el área controlada por los rebeldes. Asunto arreglado.

La clave para tratar correctamente con ciertos pueblos es sencilla: no dejar ni uno vivo.

El capitán Horton no soporta el olor de las calles, ni el sol implacable, ni el salitre que se levanta del mar, ni la miasma que se levanta del río Ozama por las tardes.

No soporta la comida local, ni las costumbres, ni el vocabulario facial con el que los dominicanos se hablan sin decir palabra.

Apenas puede contener el desprecio que le inspiran los soldados nativos, que considera indisciplinados, hoscos, desobedientes, cobardes, incompetentes en el manejo de armas de fuego, e ignorantes de estrategia de combate.

Lo mismo no puede decir de los rebeldes.

En una sola semana devolvió a sus casas en diferentes estados de la unión a catorce de sus muchachos. Para fines de propaganda, el estado mayor reporta un número de bajas mucho menor, pero Horton, que está en la calle y los ve caer, lleva su propia cuenta.

Como siempre en este tipo de operaciones, Horton intenta mantenerse alejado de la maraña política y las intrigas de palacio. Lo intenta y, como siempre, fracasa. Guerritas como esta se resuelven en oficinas, en reuniones, en cubículos, con llamadas telefónicas, con comunicados de prensa, con desinformación transmitida a través de estaciones de radio colaboradoras, con panfletos, con difamación e injuria, con asesinatos puntuales. La pelea en las calles, los tiros, los tanques, esa es la punta del iceberg.

Y para librar esta otra guerra, la verdadera guerra, el Tío Sam necesita que sus servicios de inteligencia estén presentes en el teatro de combate. Y no hay nada que Horton deteste más que tener que lidiar con agentes secretos.

Peor sin son mujeres.

♣

La mayor McCollum es una mujer, y eso nadie lo duda. Alta, atlética, pelirroja, de grandes y almendrados ojos verdes, Sarah McCollum es una beldad. A Horton, no obstante, su subordinada le inspira ese terror entrelazado con asco que en inglés recibe el nombre de *Heebie Jeebies*. Para colmo, y contrario a Horton, la mayor está fascinada con el país. Todo se lo encuentra hermoso: el río, el salitre, el olor, la gente, sus enlaces dominicanos en el ejército, los espías que maneja. Pero esta fascinación no hace más que acentuar en Horton la repugnancia que le inspira McCollum, pues sabe muy bien que por muy fascinada que se sienta, y por muy hermoso y exótico que se lo encuentre todo, las tácticas de la mayor no se ven afectadas por parcialidad alguna. En lo más mínimo. La ha visto en acción durante varios interrogatorios.

Nada como una psicópata para ocupar un puesto de inteligencia.

Por eso, cuando el cabo Jackson le lleva el recado de que tiene órdenes de presentarse a McCollum, Horton maldice su suerte y añora el pequeño pueblito de Ypsilanti, en Michigan, del cual salió hace ya tantos años sacudiéndose los talones para nunca más volver.

Horton ingresa a la oficina de McCollum fumando un puro, por joder, para provocar a la mayor, para que se lo manden a apagar. Pero McCollum, que fuma un puro similar, le indica con la mano que se acerque.

La mayor tiene la cabeza vendada. El apósito le cubre el ojo derecho. Horton entiende que lo más prudente es no preguntar. Se cuadra y saluda.

McCollum no le devuelve el saludo, sino que alarga el brazo y le ofrece un sobre. Horton lo toma, lo abre.

Adentro hay un reporte de movimientos, guaridas, conexiones, familiares, y hábitos, acompañados de una foto a blanco y negro de un hombre alto, negro, de gruesas gafas y porte erecto, vestido con una chacabana y pantalones negros filoteados.

—*Alive*—dice McCollum.

Horton guarda todo otra vez en el sobre. Saluda a McCollum.

Sale de la oficina.

DESPUÉS NO, QUE se volvería completamente loco y no se arreglaría el bigote más nunca, ni se bañaría en años, ni se afeitaría, ni se cortaría las uñas, y no se peinaría ni se cepillaría los dientes y sabe Dios cómo se las arreglaría para hacer lo que nadie podía hacer por él y limpiarse, pero aquel día, último de mayo de 1965, el Loco Abril parecía un héroe de película gringa. Un Che Guevara cualquiera, pero más mulato, un chin más bajito, un chin más gordito, un chin más serio, pero solo un chin. Vestido de fatiga como los guerrilleros de Fidel Castro, como el mismo Fidel Castro, y aunque su uniforme no era nuevo, estaba bien cuidado, limpio, olía a detergente.

¡El hombre nuevo!

♣

Ese día, exactamente cincuenta y un años atrás, el Loco Abril respondía a un nombre de gente, con apellido de gente, con rango de comandante. ¡Y cuidado con olvidarte de cuadrarte delante de él y saludar! Ay coño... ¿Y será que ya desde aquel entonces estaba medio desquiciado? Nadie sabe.

Allá arriba en la azotea de un edificio en la Padre Billini, este soldado, este machazo, este camaján armado hasta los dientes otea, como dicen, con unos binoculares, reconoce, estudia, vigila. ¿Que qué vigila, o a quién? Oh, a un hombre alto como una bambúa, vestido con pantalones de salir y zapatos de salir y una chacabana planchada y almidonada, de manga corta, tiesa como el cuero de un tambor, porque doña Alicia no juega y antes de pasar plancha moja la ropa con agua de yuca. Cegato el hombre, la cara tapada con tremendos lentes culo de botella en montura de plástico negro, como los que usa Malcom X, como los que usa Henry Kissinger, como los que usa el Profesor. Es indio cepillado, o lavado, que aquí nadie es negro, el pelo crespo, reluciente de brillantina Halka, tiene pecas en la nariz. Usa un relojito kukicá que da la hora sin retrasarse ni adelantar, ¿y acaso eso no es lo que importa? Camina plácidamente, las manos agarradas a la espalda. Se abre paso entre puestos de venta, saluda y es saludado, de todos conocido, de todos una sonrisa y a todos una sonrisa.

De cada cual según su capacidad, a cada cual según su necesidad, piensa el terso revolucionario allá arriba en su atalaya. *Me cago en la madre de Marx.*

El Loco Abril, que todavía en aquel momento ni era loco ni se llamaba Abril, se quita los binoculares de la cara y enarca las cejas y pasa revista a sus alredededores a ojo pelao, al mismo tiempo que se pasa revista a sí mismo, interiormente, considerando las circunstancias que lo han llevado a estar parado en esa azotea vigilando a su mejor amigo, allá abajo. Y ojalá fuera solo su mejor amigo.

Ese que camina por la Padre Billini tan campante, ese palomo, ese civil, ese intelectual, es su superior inmediato en la cadena mando, el mismísimo Puro Maceta.

$\clubsuit$

¿Alguien se acuerda de Puro Maceta? Nadie.

¡Qué mal!

A los historiadores—¡a todos!—debería caérsele la cara de la vergüenza. Ni un solo recuento de la guerra lo menciona. No es que sea fácil la tarea. No sale en los periódicos de la época, no es mencionado en conferencias y clases magistrales. Ni una sola foto suya aparece en ninguna parte; próximo a ningún dignatario, en alegre chercha con Caamaño, en meditabunda conversación con el Profesor, restañando las heridas de un combatiente herido, enseñado en cualquier aula miserable, posando azorado con la que fue su única compañera sentimental, Inmaculada Carmona… Nada. Y aunque todas esas fotos existen, es como si no existieran. El que las quisiera ver tendría que venir a pedírnoslas.

Nadie ha venido a pedírnoslas.

Lo cierto es que los expertos no hacen bien su trabajo. Los expertos son expertos discutiendo y analizando solo aquellos eventos que pueden encontrarse por encimita, o con un mínimo de excavación.

Y, como veremos muy pronto, excavar es quizá el concepto más importante de esta historia.

♣

Y es que una buena parte de esta historia es subterránea, con lo cual quiero decir que sus protagonistas invirtieron muchísimo esfuerzo ocultándose del escrutinio público, moviéndose en la sombra, en la clandestinidad. Las partes restantes también podrían considerarse subterráneas, pero no porque sus protagonistas tuvieran algún interés en que no se supiera lo que hacían, sino porque pertenecían a un sector de la población cuyas actividades, aflicciones, alegrías, tristezas, dificultades, sufrimientos, opiniones y frustraciones a nadie le importaban. No vivían en el país—vivían debajo del país.

Ahí están todavía.

Ahora que lo pienso, la idea de estar bajo tierra es mucho más que una alegoría en lo que a este cuento se refiere. Para muestra un botón: el comandante Oviedo, que así se llamaba el centinela que vigila a Puro Maceta desde lo alto, triunfante, invulnerable y poderoso como un halcón, pasará a ser conocido como el Loco Abril y cambiará sus altozanos por una gruta calcárea debajo de la ciudad. Se convertirá, literalmente, en una criatura subterránea.

De las alturas al abismo solo media un salto.

❦

Esto es lo que comúnmente se conoce como ironía. Repitan la palabra conmigo: *ironía*. Olviden la definición del diccionario. Cuando escuchen o lean esta palabra piensen en el Loco Abril y listo.

❦

Y aunque el destino del Loco Abril no será el único ejemplo de ironía en mi relato, él es el único personaje obsesionado con la idea de enterrar… Y esto lo convierte en el opuesto polar de mi protagonista estelar, que no entrará en escena por ahora, y cuya misión principal es la contraria: desenterrar.

A esto podemos llamarlo *simetría o armonía*.

¡No me hagan explicarles por qué!

❦

Pero basta de disquisiciones y digresiones y veredas. Basta de hablar del concepto de lo subterráneo, de la ironía o de la armonía o de los expertos inexpertos y holgazanes. Hablábamos de Puro.

Hablemos de Puro.

Hablemos, hablemos.

Nada más escuchen el nombre que le puso doña Alicia, su mamá. Dizque Puro.

Hay nombres que se apropian de sus dueños, obligándolos a hacerles honor, a justificarlos. ¿Cuántos Pedros cabeciduros no conocen? ¿Cuántos Gustavos sentimentales, cuántos Césares insoportables, cuántos Ivanes terribles? Mi propio nombre, ¿acaso no me parezco a él, no soy como él, no me describe a la perfección? Ya lo creo que sí, si no, pregúntenle a su papá, que me conoce de más tiempo.

Ya en una próxima ocasión trataremos sobre su apellido.

Mientras tanto, diremos que Puro hacía honor a su nombre. Un hombre ecuánime, desinteresado, desprendido, optimista, inocente, estructuralmente inhabilitado para albergar malas intenciones… y para detectarlas.

¡Un buen pendejo!

♣

Bienaventurados los pendejos que poseen el don de la oratoria, porque a ellos pertenecen las orejas de los pueblos.

♣

Pero Puro no era pendejo, y tampoco se hacía el pendejo. Puro era pura y sencillamente bueno.

¡Extraño concepto!

Así es, y con el tiempo, a pesar de los cocotazos y las desilusiones y las traiciones y las golpizas, una persona buena no cambia. No puede. Cambia, eso sí, la percepción de sus amigos y vecinos y familiares, que ahora se sienten admirados y orgullosos y atraídos por esa cálida aura que irradia, por esa paz que parece acompañarlo a donde quiera que va, porque el corazón de un hombre bueno es como un rescoldo que calienta y no quema, arde sin consumirse, como la zarza que le habló a Moisés en el monte Sinaí cuando Dios todavía se dignaba a hablarle a su gente. Y de ser perseguido pasa a ser seguido; y de ser ignorado pasa a ser escuchado; y de ser acosado pasa a ser protegido, ocultado, defendido. Aunque lo maten, un hombre bueno jamás puede ser destruido.

El verdadero pendejo se rompe tras años de constante atropello; se le agria la existencia y se le pudren en el alma los afectos. El verdadero pendejo se desapendeja a cantazos y gradualmente se transforma en un cabrón, en un hijo de puta, que es precisamente la meta que secretamente se han trazado los cabrones e hijos de puta que lo sometieron a la cruda escolaridad de sus maltratos, aprovechadísimos expendejos ellos también.

Todo cabrón adulto fue de niño un gran pendejo. Nunca lo olviden.

❧

Puro camina plácidamente entre los puestos de venta y trueque que se han establecido a lo largo de la calle Padre Billini.

Es domingo. Los hombres que caminan por las calles, combatientes y no combatientes, visten camisas de algodón blancas de manga corta, y pantalones caquis. Las mujeres, combatientes y no combatientes, visten faldas y vestidos frescos de primavera. Los combatientes se diferencian de los no combatientes fácilmente: lo combatientes van armados hasta los dientes.

Se podría argumentar que hasta los que no van armados combaten, pues colaboran de alguna manera en la titánica faena de mantener a raya a los Marines norteamericanos. Combatiente no es solo el que dispara.

Están rodeados. Atrapados en apenas cinco kilómetros cuadrados de angostas callecitas y edificios coloniales. Hay Marines en todo el derredor, y allá, flotando en una mancha de sedimento arrastrado por el río Ozama, se bambolea el USS Boxer en un Caribe picado, neurótico, inquieto.

Nada de esto parece importarle a nadie.

Han puesto a correr al ejército golpista, que se retiró en desorden hacia la base de San Isidro en donde, según rumores, lloraron amargamente sus generales. Como suele hacer cuando les zurran a sus bravucones favoritos, el Tío Sam envió refuerzos para asistir a los llorosos generales que habían tenido la maravillosa idea de derrocar al primer presidente democráticamente electo en el país luego de más de treinta años de cruenta dictadura: el profesor Juan Bosch.

Hagamos un minuto de silencio en homenaje a las brillantes contribuciones estadounidenses al desarrollo de la democracia en la región.

♣

La intervención contó además con el beneplácito de la Organización de Estados Americanos, cuyos países miembros proporcionaron mil setecientos veintisiete varones paraguayos, hondureños, costarricenses, brasileños, salvadoreños y nicaragüenses en edad de morir por sus ideales, y liderados por el muy flamante y muy brasileño General Hugo Panasco Alvim.

Es decir, que la misma organización que impuso un embargo a la República Dominicana como estrategia para apresurar la caída de la dictadura, auxiliaba ahora a los generales engendrados, nutridos y aupados por esa misma dictadura en el aprieto en que se habían metido al derrocar a uno de los enemigos más persistentes y formidables del dictador.

Hagamos otro minuto de silencio en honor a la solidaridad latinoamericana y el imperio de la ley.

♣

Apartados del mundanal ruido, en una plazoleta desierta en la esquina de la Padre Billini y la Hostos, cuatro jóvenes armados con fusiles ríen mientras trastean con una de las armas. El más risueño de todos, imaginemos que se llama Toñito, enseña a los demás cómo deslizar el cierre.

—Ahí no—dice—. Aquí…

Se escucha el ruido de un resorte y todos se echan a reír.

Casi al instante hacen silencio y se cuadran.

Puro, las manos agarradas en la espalda, se coloca frente a ellos y los contempla. Los jóvenes lo miran, se miran entre sí, lo miran, se miran entre sí otra vez… Están avergonzados.

Puro se acerca a Toñito y le toma delicadamente el fusil. Lo inspecciona.

—¿Qué les causa tanta gracia?—pregunta. Ninguno responde. Puro devuelve el fusil y toma otro. Lo revisa.

—¿Les parece que todo esto es una especie de chiste?

Puro entrega el fusil, toma otro. Lo mismo.

—Un teatro.

Entrega el fusil a su dueño… momento en el cual se les acerca un combatiente armado, el brazo derecho en un estribo, camino a las actividades comerciales cercanas.

—Cucuso—lo llama Puro.

—Comandante.

—Hágame el favor—le dice Puro—, para edificación de los muchachos.

Cucuso se saca el brazo del estribo y le muestra a su audiencia boquiabierta un muñón ensangrentado del que sobresale una porción de húmero. Puro arrebata y revisa el último fusil. Cucuso vuelve a colocar su extremidad mutilada en el estribo.

—Agradeciéndole—dice Puro.

—Siempre—dice Cucuso y prosigue su camino.

—¿Para dónde va esto?—pregunta Puro a los jóvenes risueños que ya no están risueños, sino cabizbajos y azorados.

—Para casa de Luisa—responde Toñito. Puro devuelve el último fusil.

—Ninguno de esos rifles tiene percutor—dice Puro, se vuelve hacia la calle e interpela a uno de los vendedores—. ¡Tomás!

—Comandante.

—¿Te sobra un saco?

—Para usted, aunque no sobrara—dice el vendedor y le entrega un saco.

—Metan eso aquí—les dice Puro a los muchachos, que obedecen.

—Si los Yankees los hubieran visto así, caminando con eso a la vista, aunque fuera de lejos, ¿qué creen que iban a hacer? ¿Pedirles un autógrafo?

Puro espera una respuesta que los muchachos buscan desesperadamente en las colillas de cigarrillo que hay desperdigadas por el suelo.

—No—se responde Puro a sí mismo—. Les hubieran disparado y los hubieran matado. Y ustedes no hubieran podido hacer nada, excepto tirarles el rifle encima y salir corriendo.

Puro golpea con los nudillos la cabeza de Toñito, líder del cuarteto.

—La cabeza—dice—. Esa es el arma que deberían llevar cargada. Vamos. Caminando…

Los chicos salen corriendo.

—¡Y devuélvanle el saco a Tomás cuando terminen!

❧

Puro sigue caminando, despacio, y ahora retoma la Padre Billini en su último trecho antes de llegar a la Arzobispo Meriño. Se acerca a un grupo de personas que lo reciben con regocijo. Conversan. ¿Que de qué conversan? De esto y de aquello. De aquello y de esto.

Puro no sabe que Oviedo lo observa con unos binoculares desde la azotea de un edificio cercano. Puro no estaba presente durante la repartición de esa clase de instintos.

Pero que no se percatara de que una hermosa mujer lo estudiaba, lo escudriñaba, le contaba los pasos desde un estanco a pocos metros de distancia, eso no vamos a perdonárselo.

Ay, no.

Iɴᴍᴀ ᴍɪʀᴀ ᴀ Puro con una mezcla de desprecio total y adoración abyecta. Esa es otra que se quedó dormida el día de la repartición de habilidades útiles. ¿Qué que se quedó sin recibir? Oh, la capacidad de saber quién es ella realmente y para qué cosas da y para qué cosas no da.

—El presidente de Ciudad Nueva…—dice y resopla con desdén.

Coloca sobre el mostrador del estanco una bolsa de tela blanca. Mario, el tendero, se hace cargo: deshace el nudo y extrae una veintena de atadillos de cigarrillos. Los cuenta.

—Quince pesos—dice. Inma abre grande los ojos, consciente de que el contraste entre la reluciente esclera de su mirada y la negrura de su cutis le da una apariencia temible.

—¿Quince pesos?—protesta—. ¡Esos son cigarrillos *Crema*!

—Vete a Puerto Rico y véndeselos al Profesor.

—En un día solo te los compran todos estos soldaditos de plomo. Dame veinte.

—Quince, Inma.

—¡Aaaaahhhhg!—vocaliza Inma, exasperada, pero resignada. Mario deposita quince pesos en el mostrador, que Inma rápidamente retira y cuenta.

Puro se despide y se apresta a continuar su paseo. Inma, que no le ha quitado los ojos de encima, se pellizca el labio inferior y silba. Al instante se apersona una niñita de algunos diez años con una bolsa de tela gris.

—¿Y aquello?—le pregunta Inma. La niña le muestra el interior de la bolsa.

—No—dice Inma—. El otro.

—Lo tiene Clari—dice la niña. Inma vuelve a silbar, pero esta vez se aplasta la lengua con el índice y el pulgar, produciendo una música distinta que convoca a otra niña, idéntica a la anterior, pero que lleva consigo una mochila de soldado color verde olivo.

—Deja ver—le dice Inma. La niña le alcanza la mochila. Inma la abre, la revisa, la cierra, se la devuelve.

Le señala a Puro con el dedo.

♣

A Inma no le falta razón; su chufeta no ha sido gratuita. Puro parece que está en campaña electoral, por más que esa idea, en ese entonces, y bajo las circunstancias imperantes, perteneciera aún al orden de las quimeras.

Y si no me creen a mí y no le creen a Inma, veamos esto:

Una joven pareja con un bebé de brazos se acerca por la calzada. Son conocidos de Puro: Jacinto y Eneida.

—Puro, ¿cómo te va?—saluda Jacinto y le estrecha la mano.

—No tan bien como a ti, con esa compañía—dice Puro, y Eneida resplandece con el halago.

—Dios te bendiga—dice la mujer.

—¿Y este guerrillero?—dice Puro, quitándole al niño, que se deja arrebatar, complacido.

—¿Aseguraron las ventanas de la casa?—quiere saber Puro.

—Esta mañana—dice Jacinto.

—Hoy nos tiran, seguro—advierte Puro.

—Ten cuidado, Puro. Agúzate—dice Eneida, maternal. Puro le devuelve al niño.

—Cuídenme al mayor Olivero, mejor será—dice Puro pellizcándole las mejillas al bebé—. ¿Qué hace falta por allá? ¿Necesitan algo?

—Nada, Puro—dice Jacinto—. Que se vayan para su casa estos delincuentes.

—Estamos en eso.

—Cuídate.

¡Díganme! ¡Díganme rápido!

¿No votarían ustedes por un candidato así?

♣

Puro no pierde el paso y ahora se topa con un trío de combatientes que maltratan a un prisionero.

—¿Y entonces? ¿Y entonces?—los regaña Puro. Genaro, uno de los combatientes abusivos, se acerca a Puro, saluda, y le muestra una funda de papel.

—Comandante—dice—, ete vendepatria les lleva palito de coco a los americano por lo lao del Hotel Embajador.

Puro toma la bolsa, la abre, mira adentro. Saca un palito de coco, lo olfatea. Se dirige al prisionero con gravedad.

—Aprovisionando al enemigo, ¿eh?—le dice—. ¿Qué más les estás llevando?

—¿Qué?—dice el muchacho, altanero—. No. ¡Nada!

Puro chupa el palito. El deleite transforma su rostro.

¿Y qué será lo que tiene el dulce que endulza tanto la vida?

—Estos son los de doña Ofelia, en la Duarte—dice—. Si esa señora supiera que tú le estás vendiendo sus dulces a…

De súbito, el palomo es presa del pánico.

—¡No!—grita—. ¡No le diga! ¡No le diga, Puro, por lo que usted más quiera! ¡Llévenme al cuartel…!

El palomo se arrodilla.

—¡Tortúrenme!—vocea.

Puro, ante cuya dentadura un pedazo de caña es tan dócil como la pulpa de un caimito, muerde el palito y mastica el pedazo.

—¿A cuánto te los están pagando?—pregunta Puro.

—A dólar.

Sus captores dejan escapar sonoras exclamaciones.

—Tu maldita madre—dice Genaro con asombro, y está a punto de darle un culatazo en la cara a su prisionero cuando Puro le pone una mano en el hombro con desarmante cordialidad.

—Genaro—dice—, escóltame a este joven hombre de negocios dominicano a casa de doña Ofelia. Explícale y asegúrate de que sea bien remunerada.

—¡No!—grita el joven.

—Estos palitos te los confisco yo—dice Puro, guiñándole un ojo—, para la causa.

Los combatientes se llevan al lloroso prisionero, que forcejea y pide, a gritos, que mejor lo lleven frente a un paredón, le pongan una venda en los ojos y lo fusilen, que lo sometan a vil garrote, que le pongan electricidad en los testículos, que le arranquen las uñas con un alicate, que le cosan los párpados, que le mochen la lengua, que le fracturen los dedos, que le quemen las plantas de los pies en una hornilla, que lo cuelguen bocabajo con una soga y le entren a palos.

Y es que los dominicanos de esa época, desde los más encumbrados hasta los más postrados, desde los más viejos hasta los más jóvenes, hombres y mujeres por igual, poseían un doctorado en métodos de persuasión otorgado luego de casi treinta años de estudios.

♣

Puro avanza, saludando siempre, y en el callejón de la catedral es asaltado por un eficaz contingente de niños.

Se le agarran a las piernas, se le encaraman en la espalda, lo abrazan, le hacen cosquillas, lo muerden, lo besan, le dan golpes de karate, lo inmovilizan.

—¡Eeeeehhh!—exclama Puro—. ¡Mi regimiento especial! ¡Mi ejército élite! ¿Cómo están? ¿En qué están? Adivinen…

Puro les muestra la fundita de palitos de coco.

—¡Provisiones!—dice—. ¡Provisiones!

Los niños brincan felices tratando de arrebatarle los dulces. Hay empujones. Un halón de pelo. Una mala palabra, dicha en voz baja. Amenazas.

♣

Muchos eran los atributos que adornaban a doña Alicia, la excéntrica mamá de Puro, india clara, pero de verdad, no de mentirita, que además del color tenía el pelo muerto hasta la cintura, prominentes los pómulos, los ojos rasgados, el tórax corto y las piernas macizas y fuertes, hechas para pasarle por encima a cualquier terreno, como la oruga de un tractor o de un tanque de guerra.

Y aunque era mucho lo que podía decirse de ella, la gente de por su casa la recuerda por dos cosas.

La primera es el orgullo con que se pavoneaba diciendo que cada uno de sus hijos tenía un papá diferente. "De cada gallo, un pollo", solía decir, y pollos llegó a tener doce, entre varones y hembras, Puro el menor de todos. Desperdigados andaban por la isla, cada cual con un apellido distinto, pero ñoños con la vieja Alicia, a la que visitaban con frecuencia.

La segunda es la manera en que imponía su voluntad, administraba castigos y recompensas, y hacía cumplir la disciplina en un hogar repleto de muchachos y muchachas de todas las edades.

—¡Paz!—decía, deshaciendo una pelea entre hermanos, correa en mano.

—¡Paz! ¡Paz, he dicho!—gritaba con cada varazo que

le propinaba al muchacherío que no se comportaba como debía en la mesa.

—¡Paz! ¡Paz!—decía también cuando les llevaba dulces y se le encabritaban para alcanzarlos unos primero que otros—¡Paz, carajo!

☙

—¡Paz! ¡Paz! Hay para todos. En orden…—dice Puro, ese hijo de su madre, y los niños se forman en fila.

Cada cual obtiene su ración y se retira, como soldados en el comedor de un cuartel.

¿No les estoy diciendo?

Una maravilla.

☙

En este punto, y antes de adentrarme más en el laberinto de mi cuento, resulta imperioso resaltar una distinción de capital importancia, sin la cual mucho me temo que nos perderíamos irremediablemente en los pasadizos y callejones ciegos con los que armo mi narración. Imaginen que soy Ariadna, la del cuento que les hizo el papá suyo cuando eran más pequeñas, y que les ofrezco la cabuya que nos permitirá salir otra vez por donde primero entramos, para que no nos coma el Minotauro.

Me refiero, obviamente, a los dos tipos de palito de coco que existen en este país de las maravillas: el churumbele y la canquiña latigosa.

Atiendan.

El churumbele, por otro nombre memelo, jicaco, o caco, es una bolita de coco rallado envuelto en caramelo rojo y atravesado con un pinchito de bambú o de madera. Los más pacientes los chupan dos o tres veces antes de morderlos, y con dos mordidas, adiós churumbele. Los impacientes se lo meten entero en la boca y sacan el palito limpio. Este tipo de palito de coco tiene, pues, una vida media de una o dos mordidas, no se presta al chupeteo, y no se conserva fuera de la nevera más de tres días.

La canquiña latigosa es una trenza de doce pulgadas de largo y media pulgada de diámetro envuelta en papel de carnicero. Formidablemente dura, pero no quebradiza sino… *latigosa*, es decir, elástica, flexible. No como un resorte, pues no recobra la forma original luego de hacérsele fuerza, doblándola o estiricándola. No es dulce para impacientes, porque lo único que acepta una canquiña latigosa es que la chupen, a menos que quieran dejar los dientes en el intento.

En su envoltura, la canquiña latigosa es imperecedera, no importa dónde la pongan.

Los palitos de coco que hacía doña Ofelia eran de esta última variedad.

♣

No pongan esa cara.

Acepten lo que les doy, cuando se los doy, y no lo suelten. Ya le encontrarán uso más adelante, cuando se vean en la mitad del bosque de mi cuento, que no es ningún maíz.

❧

Gradualmente los niños abandonan el área para chupar en tranquilidad el azúcar regalada, excepto una niña.

El pelo lacio y negro, la piel del color de la hoja de tabaco con que se enrolla la picadura, los ojos cafés; en la espalda una mochila verde olivo. Puro le sostiene la mirada. Se agacha para hablarle de igual a igual.

—Jum—hace Puro—. ¿Clarisa o Melisa?

La niña frunce el ceño, ofendida.

—Clarisa—dice Puro—. Ese truño es inconfundible.

Por toda respuesta, Clarisa se apea la mochila y la pone delante de Puro.

—Cien pesos—dice.

Puro revisa la mochila. Se echa a reír. La mira.

—Hazme una rebaja—le dice con voz de cómplice.

—No rebajas, no descuentos, no crédito—dice la niña, coqueta. Puro luce resignado.

—¿Puedo hablar con tu jefa?—pregunta Puro, triste.

—Ya escuchaste a la niña—dice una voz a sus espaldas.

❧

¡Qué fácil hubiera sido matar a Puro!

Eso mismo piensa él mientras se incorpora. He aquí que se le han puesto detrás y no se ha dado ni cuenta. *A la verdad que yo estoy vivo es de milagro*, medita. Lo dice y no lo sabe.

No tiene que darse la vuelta para saber quién le habla, pero se da la vuelta porque mirar a Inma es siempre un recreo, un privilegio, una fiesta, un baño en agua clara. Las pasas arregladitas con broches de colores, los brazos delgados (así como lo oyen: mamagüela era bien delgada cuando joven), de un negro mate, uniforme y liso, sin imperfecciones ni queloides ni granitos ni pecas. Y ahora una brisita le lleva a Puro el olor de la colonia *Jean Naté* con la que da terminación a sus abluciones, mezclada con el aroma a cuaba de su vestidito impecable y un retintín de hamamelis con el que se cierra los poros de la nariz.

Inma le sostiene la mirada con dureza. No está de humor para regatear.

—No rebajas, no descuentos, no…—empieza a decir Inma, pero se quiebra ante los ojos de Puro. Invoca fortaleza, pero su cuerpo la traiciona. Entreabre los labios. Ha perdido.

—Es un buen precio—dice. Se odia a sí misma. Si pudiera dividirse en dos en ese momento, la nueva Inma rifaría a galletas a la Inma original.

—Exactamente cuatro percutores—observa Puro con divertida suspicacia—. Qué casualidad…

Inma está a punto de sonreír, pero se domina. Su rostro recupera su dureza.

—Lo tomas o lo dejas—dice.

Tras una pausa en la que no ha dejado de mirarla a los ojos, Puro se mete las manos en los bolsillos y extrae dos miserables papeletas de cinco pesos.

Inma mira el dinero y mira al cielo con exasperación. No puede creer lo que va a hacer.

—Vamos a dejarlo así… por los viejos tiempos—dice, sarcástica, y le quita una de las papeletas.

Una.

¡Buena pendeja!

—Qué amable—dice Puro.

Aparece ahora Melisa, indistinguible de su melliza Clarisa, excepto por la manera en que arrugan el entrecejo cuando se enojan. Inma y Puro parecen incapaces de romper el vínculo que han establecido con los ojos; las niñas miran a Puro, luego a Inma, luego a Puro, luego… Inma despierta de su encanto.

—Vámonos, chicas—anuncia—. Despídanse del "Comandante Arrancao".

Inma parte con sus hermanitas.

A Puro le cuesta retomar el paso.

OVIEDO LO HA visto todo a través de sus prismáticos. No le queda más remedio que sentir compasión por Puro. Si alguna vez encontrara a una mujer tan perdidamente enamorada de él como Inma lo estaba de Puro…

Se echa a reír, porque efectivamente ya había encontrado una mujer así… La mató justo anoche.

Le disparó a quemarropa.

Lo amaba, sí, lo amaba, o eso creía ella. Pero el plan era el plan y lamentablemente viva no podía dejarla.

Eso era lo de menos ahora.

Lo único que importaba ahora era la valija.

La había colocado al descuido contra uno de los respiraderos del edificio. Oviedo la mira y suspira. Por esa valija había asesinado a la que quizá fuera la única mujer–¡y qué mujer!–que lo había amado en toda su vida. Por esa valija estaba a punto de traicionar al único amigo que le quedaba en el mundo.

❧

Fornido, aguerrido, de tez lampiña y bigotito Errol Flynn, a sus veintisiete años Oviedo era el único espectador que quedaba en el teatro de su propia vida; el director había desertado, los actores con papeles de apoyo fuman en el zaguán, y Oviedo constantemente masculla desde su asiento en la platea: *¿Y eso qué tiene que ver?* O bien: *¿Para qué hiciste eso?* Y también: *Eso no tiene sentido.* (Más adelante, cuando lo agarren, formulará estas mismas preguntas, en el mismo orden.)

❧

¿Que lo mismo podría decirse de las vidas de todos los demás? ¿Que todo el mundo improvisa y nadie tiene la menor idea de cómo superar el segundo acto, ni de lo que le espera en el tercero?

No.

Casi nadie está tan perdido.

Para muchos el director es Dios, o sus padres, sus maestros, sus líderes políticos o religiosos—sus superiores inmediatos, en suma. Otros se dirigen a sí mismos, o eso quieren creer.

Y los actores y actrices de reparto son sus compañeros, vecinos, amigos y familiares; pero también sus enemigos, que juegan el papel de antagonistas y buscan obstaculizar el progreso del héroe en el camino que se ha trazado o que le ha trazado su director, real o imaginado.

Y por las reacciones de la audiencia se sabe si la historia va quedando bien o si va quedando mal; como no está escrita de antemano, se puede reencauzar la trama a medio camino. Nadie quiere un teatro con la silletería vacía, todos queremos una función abarrotada. De modo que nos ajustamos a las exigencias del público, no a todas, pero sí a muchas. De este modo el tercer acto es un producto que emerge de un esfuerzo colectivo—todos tienen por lo menos una idea de cómo terminará el asunto pues, como quien dice, todos han aportado su granito de arena al drama de vida al que asisten.

Se podría decir que los países son también colosales obras de teatro, dramas multitudinarios. El nuestro, en ese entonces, había asesinado cinco años atrás a su director, a quien no le importaba para nada la opinión del público—había apresurado el primer acto, complicaba el segundo acto para todos menos para él, no parecía creer en la necesidad de un tercer acto y, en resumen, había convertido el drama del país en una autobiografía épica en la que, exceptuándolo, todos eran personajes secundarios. Los que no estaban de acuerdo con la dirección que iba tomando la trama eran expulsados de la producción o sacados del teatro a la fuerza.

El Profesor había ganado las elecciones arrolladoramente no por la calidad de su primer acto, no por la ausencia de escollos en el segundo, y no por su promesa de un desenlace utópico en el tercero. El Profesor había ganado las elecciones arrolladoramente porque elevó los personajes secundarios al papel protagónico—colocó encima del país a quienes hasta el momento habían vivido debajo.

♣

Ustedes sabrán excusarme este exabrupto político. Admitan, sin embargo, que me quedó poético. No volverá a pasar… Creo.

♣

Atardece.

La azotea está desierta.

Oviedo emerge de una casa en el primer piso del edificio, valija en mano.

—Gracias, doña Ofelia—dice el guerrillero a la mujer sesentona que lo acompaña a salir.

—De nada, mijo—responde doña Ofelia—. Lo que sea para que no pierdan el buen ánimo.

—Claro.

—Y guárdenle a ya tú sabes quién. Eso es lo único en lo que él y Puro siempre estuvieron de acuerdo. El resto del tiempo era siempre peleando.

—Me consta, me consta. Cuídeseme, doña.

—Adiós.

Saliendo, Oviedo se cruza con Genaro, cuyos hombres conducen a un cabizbajo prisionero. Genaro toca la ventana. Doña Ofelia abre la reja y asoma la cabeza.

—Doña—dice Genaro—, adivine.

P<small>URO FUMA EN</small> un callejón recostado contra una pared descascarada junto a una recia puerta de metal. Un ruido lo sobresalta. Tira el cigarrillo y se cuadra como un boxeador. Casi al instante se relaja y sonríe. Es Oviedo.

Se abrazan fraternalmente.

—¿No han empezado?—pregunta Oviedo.

—Te estaba esperando—dice Puro.

—Qué atento.

Puro le echa un vistazo a la valija y mira a Oviedo.

Oviedo asiente.

—Mejor empezamos—dice Puro.

—Yo diría.

Caminan juntos hasta la puerta de metal. Tocan una complicada contraseña. La puerta se abre.

Entran.

♣

En ese mismo callejón, junto a esa misma puerta de metal, hoy día se reúnen muchísimos jóvenes. Pero no para complotar, no para conspirar, no para decidir. Se juntan para beber.

Y fumar.

Y usar sus celulares para llamar a otros jóvenes e invitarlos a que se den la vuelta, que el coro está en sus buenas.

Muchos de ellos se orinan en las esquinas más apartadas, o vomitan, o se cagan, todo depende de la noche. Sus meados, o vómitos, o mojones caen sobre una superficie que estuvo, en su día, completamente cubierta de sangre.

Sangre de otras personas, muertas muchas, vivas otras, pero todas tan jóvenes como los que, hoy día, se llaman unos a otros con mensajes instantáneos diciendo: "Loco, coge para acá, que el coro está encendido".

¡Juventud, divino tesoro!

♣

Delgado, sinuoso, altamente sospechoso y obviamente armado, Molina observa una compañía de Marines movilizándose por la avenida México.

No le gusta lo que ve.

♣

Físicamente Molina parece un lagartijo. Pero como el libro no se juzga por la portada, esto no tiene por qué alarmarnos.

Todavía.

♣

Molina abandona San Carlos moviéndose de azotea en azotea. Los combatientes constitucionalistas han creado un sistema de puentes valiéndose de cuatro por cuatros, tablones de cuajar cemento y puertas viejas, convirtiendo las azoteas en una madeja de pasadizos. Edificios cuya altura rompe la media, o se rodean, o se dotan de escalas y cuerdas anudadas. Así, los combatientes se mueven rápidamente sobre la ciudad, en líneas rectas, sin las constricciones de la cuadrícula vial a nivel del suelo.

Molina desciende en la Ciudad Colonial, deslizándose por una pared del callejón en el que hay una puerta de metal. Se aproxima a ella y pega la oreja. Escucha claramente a Puro. Molina tiene oído de tísico.

—… por último, quisiera agradecer a Rosa… por haber sido tan amable de escabullirnos las municiones que hicieron la diferencia el martes pasado. Gracias, Rosa. ¿Sufrió algún daño tu canasto de ropa?

Molina examina el área.

—Para nada…—Molina oye decir a Rosa, al tiempo que revisa que no haya nadie en los tejados aledaños.

—¿Y la ropa?—dice Puro. Molina escucha risas. A Puro le ríen todas las gracias; a Molina no le dan ni los buenos días.

—Olvídate de eso—responde Rosa.

Más confiado, Molina toca.

La puerta se abre.

♣

Molina entra en un salón repleto de hombres y mujeres armados. Todos se voltean a verlo.

—Están hablando muy alto—dice Molina—. Demasiado alto. Bájenle algo.

Puro, que preside la reunión de pie tras una gran mesa, levanta la mano y silenciosamente le pide que se calle y que se siente.

Molina no puede creerlo. Se ríe. *Hijo de tu maldita madre*, piensa, y él sabrá por qué lo dice. Obedece con evidente rencor y toma su lugar en un asiento vacío junto a la puerta.

Allá, en el estrado de los elegidos por el destino, sentado a la derecha de Puro, está Oviedo, y eso Molina lo puede creer menos, pero no permite que sus gestos revelen sorpresa alguna. Oviedo, que debía haberse puesto a temblar cuando lo vio entrar, también se mantuvo frío como un carámbano.

Cojones no le faltan, concedió Molina. *O quiere suicidarse.*

♣

Los elegidos por el destino tienen una manera muy peculiar de hablar. Suenan como actores en una película en blanco y negro, como si le hablaran, no a los hombres y mujeres reunidos allí, sino a Historiadores Invisibles que diligentemente registraran sus palabras para la posteridad, enunciando con nasalidad y contundencia, como locutores deportivos, como personalidades de radionovela, como esos dignatarios solemnes que adoptan un aire de gravedad y magnificencia al verse delante de un ramillete de micrófonos que transmiten su importante comunicado a diferentes agencias internacionales de noticias. Perdonémosles, pues, lo que podría parecerles a ustedes—criaturas de otro tiempo, gente del futuro que aún no había nacido—cursilerías grandilocuentes, declamaciones de prócer, parlamentos ensayados.

Era el estilo del momento. Cualquier otra cosa no hubiera comandado el respeto de nadie. Cualquier otra cosa hubiera parecido... *vulgar.*

—Muy bien—continúa Puro—. Ahora, pasando al último asunto antes de cerrar, quisiera felicitar a nuestros agentes encubiertos. Esta mano nos la jugamos con las cartas bien tapadas y ayer el cuidado que tuvimos pagó abundantes dividendos. Oviedo...

Oviedo se pone de pie. Es brusco y lacónico.

—Actuando—dice—, a partir de inteligencia conseguida por nuestros infiltrados, ayer a las veintitrés horas interceptamos a dos mensajeros del Triunvirato que iban camino al cuartel de los Marines. Llevaban esto...

Oviedo coloca sobre la mesa una valija grande, color vino... y guarda silencio.

Uno de los miembros de la audiencia muerde el anzuelo.

—¿Qué es?

Oviedo coloca violentamente su mano sobre la valija.

—Esto...—dice—. Estos son los quinientos mil dólares oro que el gobierno de los Estados Unidos concedió al Consejo de Estado, y cuya devolución exigen los Marines como "impuesto de guerra".

El asombro reverbera por la audiencia como ondas concéntricas en un estanque de agua limpia.

—Esto—continúa Oviedo, halagado por el efecto que sus palabras están teniendo en la reunión—, es prueba irrefutable de que Wessin y sus secuaces no han hecho sino valerse de mercenarios corruptos e indignos que…

Puro coloca suavemente su mano sobre el hombro de Oviedo.

Oviedo calla.

Puro entonces coloca suavemente la mano sobre la valija.

—Esto—dice, casi con ternura—, es lo que cambia el curso de la batalla a favor nuestro.

Los congregados, controlando la emoción, observando silencio, agitan sus puños en señal de celebración. Aplaudir o exclamar no son opciones cuando la juntadera es subversiva.

—Esto—continúa Puro—, es un revés mayúsculo para los golpistas.

Los rebeldes se ponen de pie, levantan las manos, agitándolas. Algunos dan pasitos de baile. Otros ofrecen puñetazos al cielo, como si accionaran la imaginada palanca de una bomba de agua, o del torno de un taller, o del trapiche de una central. O el suiche machete de una gran conflagración eléctrica.

La conmoción es sólo visible. Molina cierra los ojos y es como si nada estuviera pasando, como si se hallara solo en un almacén vacío. Pero Puro… Puro tiene que trabajar esa mandíbula, intervenir en esa paz, reclamar para sí la gloria con poesía y mentiras y exageraciones y palabras rimbombantes… si no, Puro no sería Puro.

—Con esto —insiste mientras agarra la valija, arrugándola—, podemos comprar más y mejores armas. Municiones, comida, insumos médicos. Con esto ya no podrán comprarles a los mercenarios norteamericanos la superior potencia de sus armas. Ahora es nuestro para un mejor propósito. Tenemos mucho que reconstruir en nuestra comunidad, proveerla de un dispensario, de un complejo deportivo, de una escuela, todo lo que habíamos soñado, inspirados por el Profesor… Tenemos suficiente incluso para cubrir por años la nómina del personal de esas instituciones soñadas.

Tú sí habla mierda, piensa Molina, que apenas puede soportar las náuseas ante tanto engreimiento inútil. *Bueno… inútil no*, reflexiona. Hay que ver cómo Puro se echa en el bolsillo a todos estos pariguayos con su palabrería dominical. *Cura debiste haber sido, mamagüevo*, piensa y aprieta los dientes, porque el odio sabe las órdenes que gira y para odiar con ganas hay que morder, masticar.

O maldecir. Contradecir. Incordiar.

—¿De qué nos sirve todo ese dinero, si no podemos moverlo para conseguir todas esas cosas que dices?

El primero en sorprenderse es él mismo. Habló sin darse cuenta de que hablaba. Mal hábito. Debe corregirlo, y cuanto antes mejor. Porque eso sí tiene este alagartíjaro grotesco y aceitoso: no le tiene miedo al espejo. Se examina constantemente, sin compasión, y lo que encuentra fuera de lugar lo vuelve a poner en su puesto, aunque duela.

Se sabe feo, así que rehúye tareas que requieren belleza. Se sabe bruto, así que rehúye tareas que requieren inteligencia. Se sabe antipático, así que rehúye tareas que requieren carisma y encanto social. Se sabe cruel, desapegado, perspicaz, egoísta y astuto… Imaginen, pues, en qué tipo de tareas sobresale Molina.

Su exabrupto ha sido un acto de indiscreción, y evidencia un pobre control de la voluntad sobre la lengua, lo cual, dentro del conjunto de sus habilidades y el cuadro de su personalidad, es una incongruencia imperdonable. En adelante trabajará duro para ser más circunspecto y ponerle rienda a la boca.

Y he aquí cómo queda confirmado que hasta las personas más desagradables poseen por lo menos un rasgo digno de admiración.

¡Aprendan!

♣

Por lo pronto ya abrió la boca. El daño está hecho, y a lo hecho, pecho. Todos miran a Molina, el aguafiestas, el abogado del diablo, el diablo mismo, que es el único que sigue sentado, el único al que no han conmovido y entusiasmado las palabras de Puro.

Puro, Puro, Puro.

Todo por Puro.

Puro, que responde al desafío diciendo:

—Hemos logrado impedir que el enemigo entre a la ciudad…

Molina se echa a reír.

—No. No. No. Ellos, ellos han conseguido atraparnos a nosotros dentro de la ciudad. No podemos hacer nada. En esa valija igual podría haber un millón de dólares y de nada nos sirve ¿Qué es lo que hay ahí? ¿Oro? Peor. Igual pudieran ser piedras. Somos presa fácil, Puro. Estamos rodeados. Conocen todos nuestros movimientos. Es sólo cuestión de tiempo para que…

—Lo cual nos lleva a otro tema—lo interrumpe Oviedo—. El tema del soplón.

Hay que ver vainas, piensa Molina. Hasta los animales del circo hablan por encima de mí.

Entre las personas de su confianza, que eran poquísimas, Molina siempre había opinado que Oviedo parecía un orangután. Y es verdad que lo parecía, con aquellos brazos largos, bajito como era y el torso como un barril, las piernas cortiticas… En aquel momento no lo parecía tanto. En aquel momento parecía gente, como ya les tengo dicho, ataviado como estaba de militar, afeitado al ras, bien peinado, con su bigotico de donjuán. Pero años después, cuando se volvió loco, eso era exactamente lo que parecía: un orangután. Sólo Molina había notado el parecido. Quién sabe si siempre lo vio como sería en el futuro.

Otro punto para Molina.

❧

La atención de los congregados estaba ahora concentrada en Oviedo, que se sintió renacer. Aprovecharía la oportunidad

PEDRO CABIYA

antes de que Puro le arrebatara nuevamente el protagonismo,
lo cual sucedería más temprano que tarde.

—Molina tiene razón. Uno de nosotros, sentado aquí
ahora mismo, ha estado informando al enemigo de todos
nuestros planes.

Los revolucionarios se empezaron a mirar unos a otros,
consternados. Molina pensó, y tenía razón, que la situación
no dejaba de tener cierto parecido con la última cena de la
que hablan los evangelios. Puro era Cristo, y si Oviedo se
tardaba un poco más en explicar el asunto, Molina estaba
seguro de que los presentes, uno a uno, empezarían a pre-
guntarle al líder de la célula, "¿Seré yo? ¿Seré yo, Maestro?"

—Hemos esperado a que todos los miembros del comando
estuviesen presentes—, anuncia Oviedo mirando su reloj—.
Estamos todos aquí… En cuestión de minutos, la comandante
Elsa entrará por esa puerta con evidencia fotográfica de la
traición y el rostro del traidor.

Como si hubiese estado ensayado, alguien toca a la puerta.

♣

Molina es el más cercano la puerta, pero a pesar de eso no se
levanta a abrirla. Se mantiene imperturbable e indiferente.
Al cabo de algunos instantes, cuando los ojos de todos los
presentes se le vuelven un peso insoportable y arrugando
la cara con un gesto de fastidio, Molina se levanta y abre la
puerta.

Elsa, una joven mujer negra, está parada en el dintel, su
rostro una máscara inexpresiva. Y esto debió haberles dado la

pista, porque Elsa de inexpresiva no tenía nada. Reía cuando tenía que reír, reía cuando tenía que llorar, reía cuando tenía que estar seria. Era madre soltera, tenía labio leporino, pecas en todas partes y, según la opinión de sus vecinos, pocas razones para estar siempre tan alegre.

A esos vecinos quizá se les olvidaba que Elsa tenía dos hijos, hembra y varón. La hembra, la mayor, fue campeona nacional de ping-pong tres años consecutivos. En los Panamericanos de 1963 le rompió el fondillo a toda la competencia y les robó el corazón a los espectadores. En la semifinal jugó contra la campeona peruana Wendy Sulca, del departamento de Apurímac, que cayó de boca contra la orilla de la mesa tratando de salvar una bola y se rompió dos dientes.

Esmeralda se llamaba, y venció a la peruana por seis puntos.

❧

Hay gente que se toma las cosas muy en serio, de modo que conviene reflexionar, siempre que nuestros emprendimientos coincidan con los ajenos, si vale la pena perder los dientes en el intento.

❧

El varón, el menor, quería estudiar psicología industrial. Se llamaba Rubén, pero lo mató un carro en el malecón y no llegó ni a tercero de bachillerato.

Puro se los había bautizado a los dos.

☙

Molina se hace a un lado para dejar pasar a Elsa, pero Elsa simplemente se desploma, derecha como un árbol, y se estrella de cara contra el suelo. Muerta.

Por un segundo nadie entiende qué está pasando. Puro le dirige a Molina una mirada perpleja.

Molina le responde con una sonrisa artera.

La sonriente culebra, feliz en la venganza, termina de abrir la puerta y un escuadrón norteamericano asalta el lugar.

SEGÚN LOS QUE estaban ahí y vivieron para contarlo, los primeros en caer muertos fueron tres Yankees, ultimados por el mismo revolucionario, Juan Camelo Cortiñas, alias "El Indio". Los Yankees sabrá papá Dios quiénes eran—a ellos les parecían todos el mismo Yankee—pero según "El Indio" (que dizque vivió atormentado por el triple asesinato de esos tres adolescentes, investigó posteriormente y visitó sus tumbas en Oregón, Alabama y Delaware), los muertos eran tres PFCs llamados William Connelly, Robert Fields, y Lance Smith.

Dizque.

☙

La próxima en morir de un balazo fue Rosa, que movía municiones de un lado a otro escondidas en un canasto de ropa sucia. Casada, tres hijos, las mejores habichuelas con dulce de Santa Bárbara, de acuerdo con el folclor barrial.

Ya después de ahí, nadie sabe nada sobre el orden en que la gente caía muerta.

Oviedo agarró la valija, la cerró, desenfundó su revólver y empezó a disparar. Puro volteó la mesa y los rebeldes tomaron posiciones tras ella. Sin que mediara palabra, los combatientes constitucionalistas abrieron fuego de cobertura para que Puro, que siempre andaba desarmado, y Oviedo, que cargaba con el oro de los Marines, pudieran escapar por una salida trasera.

Salida trasera en la que seguramente estarían esperándolos más gringos, porque Molina no habrá hecho su trabajo a medias.

Oviedo y Puro intuyen correctamente la situación, y en lugar de encaminarse hacia la salida condenada, suben las escaleras del edificio. La balacera, ensordecedora hace unos momentos, va quedándoles lejos. Alcanzado el segundo piso, Oviedo se orienta, de una patada abre la puerta de una oficina de contables, se acerca a una de las ventanas, la abre y salta, siempre abrazado a la preciosa valija.

Puro cae a su lado, con mucha menos precisión, con menos gracia, torpe. Afuera vuelve a asaltarlos la cacofonía de los tiros, explosiones y órdenes giradas en español y en inglés.

—Ese cabrón…—dice Puro, sobándose la rodilla con que aterrizó en el pavimento.

—¡Óyeme!—dice Oviedo, entregándole la valija a Puro—. Agarra los cuartos y métete en uno de nuestros escondites.

¿Oíste? Te necesitamos vivo. Muerto no nos sirves de mucho. Camina, ¡muévete!

Echan a correr por el zaguán oscuro y abandonado y salen a un callejón estrecho que corre de este a oeste. Escuchan disparos por todas partes, y pronto se dan cuenta de que están atrapados por fuego enemigo desde ambas salidas del callejón, en el que no hay nada tras lo cual puedan cubrirse. Todo parece perdido, pero los rebeldes han ocupado los techos y ventanas de los edificios cercanos y eliminan a los Marines que les cierran la salida oriental, hacia el río. Hacia allá corren desbocados los dos amigos.

Sin querer, pero necesariamente, Oviedo y Puro salen a las calles atiborradas, llevando tras ellos el fuego indiscriminado de ambos bandos, que cobra la vida de transeúntes inocentes. Todos corren por sus vidas. Las calles se vacían en cuestión de segundos a medida que escala el combate. Oviedo y Puro corren y corren y corren y siguen corriendo; Oviedo descarga su pistola a cada tanto, tomando posiciones pasajeras tras automóviles, contenes, árboles, tanques. Puro corre sin mirar hacia atrás. Alcanzada la avenida del Puerto, se dirigen río arriba, corriendo sin tomar aliento, dejando atrás la Ciudad Colonial, San Antón, La Atarazana, Villa Francisca, internándose en la maleza fluvial. Oviedo toma posición tras un muro destruido por fuego de artillería y que a pedazos deja ver la cuadrícula de las varillas expuestas.

Oviedo agarra a Puro del brazo.

—Escucha—le dice—. Vete rápido... lo más lejos que puedas. Yo los distraigo.

Puro duda.

—¡Que te vayas carajo! ¡Vete vete vete vete!

♣

Ellos corren. Corren porque son perseguidos por enemigos empeñados en capturarlos, o en matarlos... en matarlos, más bien; no hay forma de perderlos, de engañarlos, de cansarlos. Con el mismo denuedo con que corren Oviedo y Puro, quizá con más, corren tras ellos los Marines. ¿Y quién los guía, quién los anima, quién los señala con el dedo cuando se les pierden, quién les avisa que Oviedo ha tomado posición y dispara, para que tengan cuidado, quién es el perro sin collar que los olfatea y apunta en la dirección correcta para que sus amos puedan aniquilar la presa?

¿Quién más va a ser?

Sí. Ese mismo.

Molina.

♣

Por eso, cuando Puro se separa de Oviedo y penetra en los matorrales, Molina es el primero en notarlo e informarlo. Con un gesto de la mano hace que un grupo de soldados se desgaje del batallón y persiga a Puro, mientras los demás toman posiciones para combatir a Oviedo, que no era ningún pendejo a la vela y tenía una puntería de los mil demonios.

Durante la Revolución de Abril Oviedo mató Yankees que eso daba gusto. Si los Yankees llevaban cuentas—y los

Yankees siempre llevan cuentas—de seguro que a Oviedo lo tenían como responsable de un porcentaje bastante alto de sus bajas.

En otras palabras, que no había Marine que se le pegara mucho, porque sabía contra quién se las veía. Y así le compró un tiempo precioso a Puro, que se alejó de allí sin problemas.

Oviedo era bueno, pero mago no era. Era un hombre contra quince, por lo menos, y a la postre los Marines se imponen, lo rodean… pero no lo matan. Oviedo está recargando cuando un culatazo en la nuca lo pone a ver animitas y cae inconsciente.

♣

Con las últimas luces de la tarde, Puro logra distinguir la meseta de un atroz vertedero, en cuya falda, desparramado y francamente indistinguible de la basura, hay un barrio.

¡Cuánta gente afortunada en este mundo! No tener que ir muy lejos a tirar la basura se traduce a casas más limpias y calles libres de detritos y desperdicios.

♣

En realidad, Puro olió el lugar antes de verlo unos cinco o seis minutos después.

Le ganó terreno a sus perseguidores, pero los tiene detrás todavía, puede oírlos, por lo cual Puro se la juega y empieza a sortear los callejones de la barriada—muchos de ellos ciegos—en la creciente oscuridad.

Acorralado en un laberinto y ya inmerso en la oscuridad total de una noche de luna nueva, Puro pudo haber entrado en cualquier casa… pero solo en una percibe una tenue lucecita que baila y hacia allá se dirige. Los moradores del lugar, con ese instinto feral de los sobrevivientes de desastres y cataclismos, han interpretado con precisión la bulla y se han guarecido en sus casas. No obstante, Puro pudo haberse metido en cualquiera de ellas. Digamos que no es este un barrio en el que abunde el tipo de casas que tiene puertas con cerraduras.

Sin embargo, Puro se dirige a la luz.

Como los muertos.

Salta un par de cercas mal hechas, llega hasta la casucha en donde brilla la débil mecha y se mete en ella sin más rodeos.

Y dentro, sentada delante de una mesita de palo, leyendo un libro a la luz de una lámpara de trementina, está Inma.

♣

Anjá… Esa misma.

♣

Inma se sobresalta al ver a Puro, y está a punto de gritar, pero Puro la agarra justo a tiempo y le tapa la boca. Le implora:

—Por favor… Por favor…

Inma está aterrorizada, pero la suave actitud de Puro y su silenciosa súplica logran calmarla, al menos por este instante.

Puro la suelta. Inma mira a su alrededor y, siguiendo su mirada, Puro descubre a Melisa y Clarisa durmiendo acurrucadas en una colcha tendida sobre el piso. Puro entiende su preocupación.

Afuera, el escarceo de los soldados dirigidos por el traidor se oye cada vez más lejos. Un disparo, gritos, silencio… Puro e Inma exhalan con alivio.

Y de pronto un estruendoso golpe suena sobre la puerta.

1976

Lo malo de contarle un cuento a dos personas es que, peso a cachimbo de tusa, cada una querrá del cuento algo diferente. Hacerle el cuento a una sola persona no es nada; estará satisfecha con lo que oiga, pues quien cuenta el cuento lo ajustará a sus preguntas e inquietudes sin que lo contado pierda su esencia. Contarle un cuento a un grupo de personas es todavía más fácil, porque ahí sí que, o se callan, o no hay cuento.

Pero dos personas oyendo el mismo cuento es caminar cuesta arriba con un saco lleno de piedras, y sobre todo cuando los oyentes son personas como ustedes dos.

Una quiere que le cuente del abuelo y la guerra, y cómo la abuela era una tíguera y una bandida, y el abuelo un estratega y un intelectual, y cómo la tíguera bandida ayudó al estratega intelectual, y goza con los tiros y los bombazos y las torturas y los gringos cayendo muertos como cocalecas, y saca la lengua y hace bascas de náusea cuando la historia gira hacia

besitos y te quieros y manoseaderas y coqueteos y ojitos…
Y la otra quiere que le cuente del papá y de cómo conoció a
su mamá, y de cómo su papá era todavía más palomo que el
abuelo, y la mamá más tíguera que la abuela, y que por eso
se enamoraron, y pide precisamente énfasis en el romance,
apretando los ojos y tapándose las orejas cuando alguien le
suelta un plomazo a otro, o le corta el gaznate, o cuelgan a
uno cabeza abajo y le entran a batazos…

Y ninguna sabe que mi cuento no es ni una cosa ni la otra,
porque el amor y la violencia en esta historia vienen hechos
una trenza, tanto en la del abuelo como en la del papá. Obli-
gatoriamente en ambos cuentos, en algún momento una de
ustedes tendrá que conformarse con hacer las muecas de rigor.

Para que no se me descríen y una se desespere y salga de
la habitación porque el cuento que quiere oír la otra se alarga,
vamos a contar la historia por turnos. Ya que me pusieron en
esta mojiganga, la escucharán ambas de un solo tirón, cada
una presente para lo que le interesa y lo que no le interesa
también, porque a la postre ambas tienen que saberlo todo.
Es importante. Muchas cosas se explican en este cuento, preguntas que en algún momento me han hecho se contestan,
situaciones que nunca les han cuadrado, cuadrarán.

☙

Paciencia, pues, y atención…

☙

Un estruendoso golpe.

Inma se despierta. Seguramente hay alguien tocando la puerta. ¿Pero quién a esta hora de la mañana? Quizá fue un sueño.

Quizá fue el sueño.

Hace tiempo que no lo tenía. Si soñó o no soñó da lo mismo, porque ya no se acuerda de nada. El sueño se esfumó.

A Inma le cuesta un momento despertar completamente, orientarse. Se incorpora en el minúsculo camastro. A su lado Raúl, en calzoncillos y franela, medio muerto de la borrachera. Delante de ella, en el minúsculo espacio entre su cama y el fogón, está Maceta, su hijo de diez años, planchando la camisa de su uniforme escolar sobre un minúsculo burro.

♣

En una chabola todo es minúsculo, excepto sus habitantes.

♣

Maceta es bajito para su edad, pero macizo. Su piel es de un negro lustroso, como el de su mamá, no mate, como el de su padre, que en paz descanse.

Lleva el afro recortado en líneas rectas, corto, compacto, como los merengueros de la televisión, no al estilo panal de abeja, con forma ovalada, abundante, en la nuca y coronilla, y escaso en el flequillo, como los salseros de Puerto Rico.

Maceta es un patriota.

Heredó los ojos redondos de su papá, pero no su miopía: su visión, como la de Inma todavía hoy, es 20/20.

Lo cual, bien visto el caso, es la perdición de los idealistas y soñadores, que se beneficiarían más viéndose rodeados de una realidad más fuera de foco, desdibujada, incierta, sobre la cual poder imponer sus fantasías. Ver las cosas al 20/20, con todas sus líneas y ángulos y tridimensionalidad definidas y en grano fino, perturba los mecanismos de la imaginación… en la mayoría de los casos.

Para Maceta, como veremos, esto no representa ningún problema.

❧

Maceta nació con dos vueltas de cordón umbilical alrededor del cuello en una época en la que no existían las ultrasono-grafías, al menos no para personas como Inma. De manera que Inma pujó y pujó y pujó, y el cordón apretó y apretó y apretó la garganta de Maceta, hasta que la comadrona se dio cuenta y lo liberó de la horca que había sido su sustento durante nueve meses.

Hay veces que Inma—que no es estúpida, ni ahora ni en ese entonces, ni antes, cuando era muchachita—se le queda mirando a Maceta, tan serio, tan ecuánime, tan estoico, como hubiera dicho Puro, tan… peculiar en su forma de estar en este mundo y al mismo tiempo estar en otro mundo, que se pregunta si la causa no fue esa breve falta de oxígeno a su cerebro cuando nació. Lo ha oído decir, o quizá lo habrá leído en alguna parte: el cerebro necesita oxígeno para funcionar y mantener todas sus partes en óptima calibración. Si alguna falla o se muere por falta de oxígeno, el desperfecto se nota y el ser humano que lo posee es incapaz de realizar con normalidad ciertas funciones, como retener información, hablar, caminar bien, pensar…

Pero Maceta es perfecto. El mejor de su clase, lector voraz, as de las matemáticas, estudioso, aplicado, responsable, maduro para sus años, elocuente, persuasivo, curioso, dueño de un vocabulario inmenso y variado. Un muchachito viejo.

Y piensa Inma que quizá todos tenemos también en el cerebro una parte que nos sabotea, que nos frena, que le echa arena al aceite, azúcar al tanque de la gasolina, jabón al sancocho, y nos impide ser la versión suprema de nosotros mismos.

Y que esa fue la parte que las dos vueltas de cordón umbilical estrangularon en el cerebro de Maceta.

♣

Lo piensa ahora que mira a Maceta planchando y poniéndose el índice en los labios mientras le señala a su hermanita, la bebé de meses que duerme en un canastón sobre el suelo, hija de su unión con Raúl, el saltapatrás que tiene dormido y medio borracho a su lado.

Cuando termina de planchar su camisa, Maceta se la pone, abotonándosela hasta el cuello, y procede a verter el agua que ya hierve sobre el fogón dentro de la larga malla de colar café, que se filtra hacia el fondo lentamente hasta llenar la cafetera.

Alcanza ahora sus zapatos, para lo cual debe cruzar cuidadosamente por encima de una colchoneta tendida sobre el suelo, sobre la que duermen sus tías, Clarisa y Melisa, dos mujeres hechas y derechas, hermosísimas, semidesnudas, porque el calor, en una chabola, es una función del cuadrado de la raíz de sus inquilinos. Pero como los mosquitos son peores que el calor, Maceta cubre a sus tías con la raída sábana que yace arrugada entre ellas.

Maceta se acerca al cajón acolchonado en el que duerme, adosado a la pared como una gaveta; se agacha debajo y saca un par de zapatos, que procede a lustrar con pericia. Ha sido, desde su tierna infancia, y es ocasionalmente aún, limpiabotas. Cuando termina, se pone las medias y se los calza. Cuando se los calza, acude al fogón, en donde hay una olla de agua con un biberón de vidrio lleno de agua de arroz, de pie cual soldado, en el mismo medio, como dicta el protocolo de un Baño de María. Maceta lo agarra, sacude una gota en su muñeca para probar la temperatura y luego empieza alimentar a la bebé.

Amparo, le puso Inma, que nunca se destacó por su optimismo.

♣

Inma finalmente se levanta y cuidadosamente le quita la bebé a Maceta para seguir alimentándola. Las dos chicas también se levantan y se desperezan, estirando sus brazos torneados y sus piernas largas, agitando sus melenas lacias. Se ponen de pie, acarician a Maceta en la cabeza, lo besan, y se sirven sendas tazas de café. Todos se alistan para empezar el día, todos se dedican mutuas profesiones de cariño… excepto Raúl, que todavía duerme. Nadie dice nada. Maceta se cuelga una mochila en la espalda, recibe de Clarisa una taza de café y un pedazo de pan, y sale de la casucha.

♣

Se acerca la primavera y las madrugadas aclaran. Maceta se sienta en una vieja lata de leche en polvo volteada boca abajo y come su desayuno.

Sospecha que hará un día soleado, con pocas nubes, caluroso. Del río cercano se levanta una miasma de tripas de peces muertos, lirios podridos y diésel. A su alrededor, el paisaje familiar: el caparazón de un Volkswagen "cepillo" quemado, cubetas de varios tamaños y colores (cada una con funciones específicas), un seto de Cruz de Malta mal podado, blocs en diversos estados de integridad física, el muro sin empañetar de una casa que nunca fue, el cableado eléctrico cargado de tenis, la toma de agua comunal, siempre goteando, perros realengos que olfatean en dirección de Maceta, codiciando el pedazo de pan, pero temerosos, porque Inma ya los ha escarmentado varias veces, y un enorme y frondoso tamarindo a la vera de la calle sin asfaltar, bajo el cual, en la tarde, sus tías se arreglarán el cabello una a la otra antes de salir para el trabajo.

La barriada se va despertando gradualmente y la calle empieza a ser transitada por hombres y mujeres que salen a ganarse la vida de diversas maneras. Hombres empujan sus triciclos, mujeres cargan agua en pesadas latas sobre sus cabezas, viralatas deambulan, motocicletas con tres o más pasajeros pasan zumbando, vendedores ambulantes muestran sus mercancías, cafeteros sirven vasitos a sus clientes…

Y Maceta, con su pan en una mano y la taza de café en el otro, se siente el niño más afortunado del planeta Tierra.

❧

Cuando termina su desayuno, Maceta se pone de pie. Está impecablemente uniformado para el colegio… No. Impecablemente no. Una pequeña mancha en su zapato llama su atención. Se moja el dedo, se agacha y la elimina. Satisfecho, agarra su mochila y emprende la marcha.

❧

Para Maceta, lo mejor de vivir en un barrio como el suyo es la intimidad de los espacios. Obviamente que a esa edad Maceta no estaba en posesión del aparato analítico que le hubiera permitido expresarlo de esa manera, pero leámosle la mente y tomémonos algunas licencias, ¿sí?

De frente a su chabola, bastan dos pasos a la derecha y ya estamos en la chabola de Mercedes, la muchacha jamona que cose; una más y se llega a la casita de cemento de don Jorge Aníbal, el viejo capataz cañero que vive con un grupo de puertoplateños jubilados de la zafra; añádanle tres y estamos en la parcela de Abulraziq, el viejo patriarca palestino que regenta con sus muchos hijos un taller de tapicería.

Diez pasos hacia atrás y bordeando la vivienda propia, pasando un arbusto de acerola y un enredo de ahuyamas que parecen haber atrapado entre sus tentáculos la patana sin ruedas que yace postrada en el mismo lugar desde que Maceta tiene uso de razón, y ya estamos la parcela de don Goyo, el ermitaño que vende plantas ornamentales. Cinco pasos adelante y Maceta cruza la calle hacia el Taller de Desabolladura y Pintura de Lidio López Gutiérrez, tal y como lo anuncia orgullosamente el letrero que pende sobre la puerta. El taller hace esquina, y la calle se pierde en línea recta hacia otras chabolas, casi todas hechas de madera y desperdicios, y casas de bloc y cemento, que de esas también hay en el barrio, a veces hasta con dos pisos y balcón. Esa es la ruta que toma Inma para su trabajo.

Maceta, para ir a la escuela, toma la ruta de la izquierda.

♣

Llenos los pulmones del aire enrarecido que se levanta del río y que le brinda paz y sosiego, y reconfortado por los variados y familiares cachivaches que siempre hay tirados por los alrededores, casi todos piezas insalvables de carros que Lidio ha arreglado en algún momento, Maceta toma el rumbo de la escuela.

Cuatro pasos y está delante de la casa de don Chago, cuyas verduras y víveres y frutas están bonitamente arregladas en la canasta de su triciclo. Pero don Chago parece tener serios problemas con la cadena y no está listo para hacer sus rondas.

—Buenos días, don Chago—le desea Maceta.

—Buenos días, Maceta—responde don Chago—. Aprende algo bueno hoy para que me lo enseñes a mí.

Ambos se echan a reír.

—¡Es en serio! ¡Estoy harto de vender lechuga!

Tres pasos más y Maceta encuentra una pareja parada en frente de su casucha echándose agua de una cubeta junto a sus cinco hijos de distintas edades.

—Buenos días, don Jacinto—dice Maceta—. Buenos días, doña Eneida.

—¡Buenas días, mijo!—responde don Jacinto.

—¡Buen día, Maceta!—responde doña Eneida.

Maceta hace espectáculo de tomar una gran bocanada de aire.

—¡Buenos días, Olivero, Jacintico, Juan Matías, Garibaldi y William Sócrates!—grita.

Los aludidos responden al unísono:

—¡Buen día, Maceta!

♣

Avanzando tres pasos, solo tres pasos más, Maceta pasa delante del colmado de don Tomás, que riñe con su hijo Simón justo delante de la puerta. Siempre discuten sobre el mismo tema a la misma hora de la mañana, todos los santos días.

Simón está sentado en su motor, listo para arrancar, pero su papá lo dejará ir solo después de haber revisado bien la lista de las entregas, ya empacadas en el canasto.

—¡Virgen de la Altagracia! ¡No discutas conmigo!—se desespera don Tomás—. Ve primero a casa de doña Aura, después coges la Duarte, entregas lo demás por ahí mismo…

—Ay, papá—interpone Simón—, puedo coger la Duarte primero y después ir donde doña Aura.

—Anjá, ta bien—triunfa don Tomás—, pero si lo haces así te vas a meter en vía contraria por la callecita esa que te gusta pa cortar. ¡Te conozco, palomo! ¡No quiero otro accidente!

—Buenos días, don Tomás…—dice Maceta sin ajustar el paso—. Buen día, Simón.

—Buen día, mijo—dice don Tomás, coartado en su impulso.

—Buenos días, Maceta—dice Simón, que aprecia la tregua.

Padre e hijo miran a Maceta alejarse del colmado calle arriba y vuelven a mirarse, recordando de pronto el tópico de su conversación.

—Mira, ¿tú sabes qué?—claudica don Tomás—. Haz lo que te dé la gana.

—Ya, ta bien—se rinde Simón—, yo lo hago como tú dices.

♣

Maceta continua su camino al colegio, pero se detiene de súbito y se agacha a recoger algo del suelo. Curiosamente considera lo que tiene en la palma de la mano.

Otras personas reconocerían en el objeto una simple

canica, un bolón marta que sobresale de la tierra donde yace apisonado, un rompe juego con vetas horizontales de colores.

Personas con mentes simples que albergan ideas simples sobre el simple mundo en el que viven.

Para Maceta, sin embargo, nada es lo que aparenta.

La apariencia es el rasgo más engañoso de un objeto, una treta visual, táctil, olfativa, a veces gustativa también. Una distracción. Maceta penetra las apariencias. Su ojo es un rayo láser y sus demás sentidos por igual.

Maceta limpia la canica y la estudia al sol. Inmediatamente comprende la naturaleza del objeto que tiene entre las manos. Saca una pequeña libreta de su mochila, pasa las páginas y empieza a escribir:

Júpiter de bolsillo. *Esfera con bandas de colores representando los diferentes estratos atmosféricos. Gran Mancha Roja ausente, posiblemente en formación: observar durante los próximos meses para detectar su gradual aparición. Solidez engañosa, producida quizás por un desfase espaciotemporal. Caída del cielo, sin duda alguna.*

Maceta cierra la libreta, timbí de entradas parecidas con otros raros y maravillosos hallazgos, la guarda en la mochila, se mete la canica… quiero decir, el *Júpiter de bolsillo*, en el bolsillo, y sigue caminando sonriente, desentendido de la gente a su alrededor que, alerta y temerosa, corre despavorida.

❧

Madres agarran a sus hijos y se meten en sus casas. Otros corren como si huyeran de algo peligroso. Los hombres aprietan el paso. La calle es desalojada rápidamente.

Maceta ni se entera. Ha notado algo más en el piso y se agacha. Es una bujía. Frente a él, de pronto, aparece un par de pies cubiertos en fundas plásticas, sucias y raídas. Maceta levanta la vista y se encuentra con la imponente figura de un hombre de aspecto salvaje, sucio y harapiento, su rostro oculto detrás de una prominente barba, y coronado con un muy descuidado afro. Una especie de orangután erecto que intenta disfrazarse de hombre y fracasa rotundamente.

♣

Quien te ha visto y quien te ve.

♣

—Con la misma vara que me midieron, los medirás—dice el monstruo humanoide.

Maceta se pone de pie sin inmutarse por la aparición.

—Loco Abril—inquiere Maceta, ingenuo—, ¿qué será esto?

Por toda respuesta, el salvaje le arrebata la bujía de las manos, la mira, la tira lejos y sale corriendo. Maceta lo mira desconcertado, luego se ríe, busca la bujía y se la guarda en el bolsillo.

♣

Finalmente llega a una calle donde coincide con otros niños en uniforme escolar, el gran río en el que confluyen corrientes tributarias. Pequeña humanidad vestida de azul celeste y caqui, marchando hacia la correa de distribución que los colocará en sus respectivas futuras miserias.

Wepa... Esta parte de la calle yace en el sector más "afluente" del barrio. Aquí los colmados más surtidos, los salones de belleza con agua caliente, las panaderías y cafeterías dentro de un local y no en la vereda, los car wash, las discoterrazas, las bancas de apuestas, los night clubs...

"Territorio Molina", como lo conoce Maceta, porque muchos de los negocios llevan ese nombre. Banca Molina, Remesas Molina, Molina Sports Bar & Casino... Maceta nunca había visto al tal Molina, hasta ese día.

En una intersección, un nuevo y enorme letrero ha sido levantado que dice *Partido Reformista Social Cristiano*, acompañado de la fotografía de un hombre de amplio afro y bigote de brocha, con la siguiente leyenda: "Molina, Tu Diputado".

Asumo que ninguna de las dos se sorprende de que este reptil acabara en político.

♧

Bienaventurados los hijos de la gran puta, pues tienen asegurada la sobrevivencia.

♧

Hay cientos de niños frente a la escuela jugando y hablando, pero hablemos de Lucía.

Lucía Méndez.

En esa escuela no había una niña más bella, inteligente, coqueta, estudiosa, atlética… Ya se hacen ustedes la idea. La chica más popular, pero no engreída, ni vanidosa, ni zopenca. ¿Que la hastiaba todo ese muchacherío sudado y la sacaban de quicio las chopas mal peinadas capaces de cualquier contorsión del orgullo propio para que ella las coronara con su amistad? Bueno… Era una niña. Perdonémosle sus niñerías.

$$\clubsuit$$

Está sentada sola en un banco; su piel oscura hace un hermoso contraste con sus ojos verdes. Otros niños la molestan halándole el pelo cuando pasan por su lado; ella los mira molesta y les saca la lengua. Enamorados que están de ti, insiste su mamá. Estar enamorado debe ser lo peor, piensa Lucía.

Está aburrida. Más que aburrida, está jarta. ¿Cuánto es que falta para el timbre de salida? ¡Una eternidad! Mejor ni pensar en eso.

Pero entonces su mirada se ilumina.

Se arregla el pelo.

Empieza a mecer las piernas en el banco, nerviosa.

Maceta se sienta a su lado. Sin mediar palabra saca su libreta de apuntes, señala la anotación del día y, mientras ella lee murmurando, le pasa la canica. Ella la toma entre el índice y el pulgar… y le dedica a Maceta acto seguido una mirada de piedad avergonzada.

—¿Un planeta?—dice y le corta los ojos. Maceta está ocupado extrayendo un libro de su mochila, pero acierta a darle la explicación que Lucía necesita.

—De bolsillo.

Lucía le replica con un chuipi y se pone a mirar para otra parte, pero ya Maceta tiene el libro en la página pertinente y se lo muestra a su amiga: una imagen del sistema solar. Recupera la canica de la mano de Lucía y la pone junto a la imagen de Júpiter. Excepto por la Gran Mancha Roja, canica y planeta son la misma cosa.

Lucía está maravillada.

Suena el timbre.

Ambos se apean del banco y se alejan caminando hacia las aulas.

—Eso sigue siendo solo una canica—, dice Lucía, tan materialista siempre—¿Tú sabes?…

¡Ah! ¡Recuerdos de escolar! ¡Qué bellos son!

Las pizarras carcomidas, las aulas arruinadas, las clases con treinta niños mínimo, los condiscípulos sentados en cubetas volteadas boca abajo o piedras, porque llegaron tarde para reclamar un pupitre completo, o no le han pagado al profe la cuota de asiento.

¡Cuánta nostalgia!

Maceta y Lucía pasan por el noveno grado, a tiempo para escuchar la lección de ciencias del profesor Eleazar:

—… y entonces Dios hizo la Tierra justo en el mismo centro del universo para demostrarnos su amor por la humanidad…

La de estudios sociales, del profesor Marte, en octavo:

—… así que díganle a sus padres que si quieren que ustedes saquen buenas notas, vayan todos este miércoles al mitin de apoyo a Molina, el mejor candidato a diputado que…

La tutoría personal del profesor Rodríguez, que le acaricia el pelo a una estudiante de séptimo:

—Tú quieres pasar de curso, ¿no? Bueno, pues el viernes te tienes que quedar unas horas extras. Yo mismo te llevo a tu casa después…

¡Nada como una buena educación!

❧

Maceta y Lucía entran al aula de sexto, presidida por un tipo de corte inconfundiblemente gansteril: el ínclito y erudito profesor Reyna.

—Lluberes, Leonardo.

—¡Presente!—exclama Leíto.

—Méndez, Lucía Antonieta.

—¡Presente!—dice Lucía sin titubeo.

—Maceta, Ángel.

Maceta sueña despierto.

—Maceta, Ángel—insiste el profesor Reyna sin levantar

la vista de su registro. Lucía le da un manotazo en la cabeza a Maceta. Maceta aterriza.

—¡Presente!—grita. Todos en el aula se echan a reír.

♣

La chichigua sin cuerda se pierde en el viento. La cuerda sin chichigua se enreda, muerta en el suelo.

Hay parejas perfectas, para que lo sepan.

♣

Los años han acabado con Inma y el uniforme de muchacha doméstica no ayuda.

Muchos son los oficios en la casa de los Horton. Primero, Inma suapea el piso de la elegante y lujosa sala. Mármol. El mármol se suapea con agua clara; nada de lejías perfumadas. La señora Horton se lo ha explicado miles de veces. Se lo recuerda todos los días, como si olvidara que se lo ha dicho en el instante mismo que se lo dice, o como si estuviera convencida de la insuperable estupidez de Inma, incapaz de recordar las cosas importantes más allá de un corto tiempo, definido por los límites de un retraso mental congénito, y quién sabe si hasta racial.

Es que estos dominicanos…

Pero la señora Horton… Mrs. Horton, es dominicana, por más que quiera olvidarlo.

Quizá eso de las identidades nacionales es una cuestión de opinión.

Inma aparta la cubeta y mira su trabajo: el piso ha quedado como un espejo…

Qué pena que entren ahora los dos Rottweilers del capitán Horton y enloden todo otra vez.

—Brutus! Caesar!—los llama el viejo gringo, autoritario.

♣

Y ya sí estamos en época de usar la palabra gringo.

♣

Los gringos también se ponen viejos y Horton encima se ha quedado calvo. Si Inma tuviera acceso en ese momento a una metralleta, cosería a tiros a los perros y al amo. Pero metralleta dónde, y total. Las cosas son como son, no hay plomo que las pueda cambiar, eso lo sabe ella muy bien. Tragar, aguantar, callarse. Se rige por esos tres imperativos a ver si llega en paz a la vejez, y de ahí a la tumba, sin muchos sobresaltos, que pedir felicidad y conforts es querer cagar más arriba del culo, como decía su papá, que Dios lo tenga en Su gloria.

Y hablando de cagar y de culo, Caesar obedeció a Horton, pero Brutus no, aprovechando para doblarse en el mismo medio de la sala y dejarle un regalito a Inma, qué perro tan adorable. Mierda y fango en el liso espejo del piso que Inma ha bruñido a pura muñeca, que trapear con agua clara no es para muchachitas anémicas, sino para morenonas fibrúas y carnúas, como ella, bote de mediana eslora y amplia manga, poca proa y mucha popa, a prueba de zozobra en el viento más fuerte y la marea más alta.

Nada. A recoger mojones y a trapear el suelo de nuevo. ¡Oh! ¿Le queda de otra? Horton se fue con los perros y ni cuenta se dio de lo que hicieron… ni cuenta se dio de que ahí estaba ella, afanada, real, tridimensional, concreta. ¿Acaso es ella una mujer invisible, un fantasma, una máquina? Mejor no pensar en eso, porque entonces vuelve a fantasear con una metralleta y demasiado trabajo que tiene ella para perderse en ensoñaciones.

♣

El día es largo y apenas comienza.

Inma trapea el suelo de la enorme cocina, estriega las superficies, limpia la nevera, deshollina la estufa y el horno, pone a hervir las habichuelas, echa la ropa a lavar.

Aprovecha ahora para ocuparse del patio. Se pone unos guantes de goma, agarra una lata vieja y recoge la pupú de perro que mancilla el césped del bello jardín, mientras Brutus y Caesar le ladran furiosamente tras la malla ciclónica de la perrera.

Echa todo en el tanque de la basura. Entra a la cocina, se lava las manos. Es hora de subir al segundo piso.

♣

Inma limpia el inodoro del lujoso baño. Descurte la bañera, el lavamanos, el bidet. Suapea, tiende toallas limpias.

Hora de apagar las habichuelas.

Baja. Apaga las habichuelas.

Sube.

Entra al dormitorio. Desempolva. Viste una cama King, con sus almohadas y almohadones, barre y trapea el dormitorio, les pasa la aspiradora a las cortinas, acoteja el closet.

Hora de poner el arroz. Baja. Pone el arroz, sazona la carne.

Hora de sacar la ropa de la lavadora y ponerla a secar. Hora de recoger la ropa seca y planchar.

A sudar se ha dicho.

Hora de chequear el arroz, hora de poner la carne.

—Inmaculada.

Inma deja la estufa, se seca las manos en su delantal y se para en atención delante de una mujer más joven que vieja, más blanca que negra, más flaca que gorda. Tiene el pelo más castaño que rubio, las tetas más vacías que llenas, las nalgas más planas que redondas. Tiene la boca más fina que gruesa, ganchuda, como el pico de los periquitos, lo cual le da un aire de siempre andar entruñada.

Los ojos más entreabiertos que semicerrados. La frente lisa y amplia, la voz monótona y cortante. El conjunto exterioriza un perpetuo estado de fastidio, más tranquilo que beligerante; esta no es mujer de sorprenderse ni de sorprender, está por encima de cualquier peligro, real o imaginado, no gasta palabras, no quiere ofender, pero si ofende, no importa. Esta persona es menos mujer que fuerza de la naturaleza, pero no un viento huracanado, un tsunami, o un tornado, sino más bien una mata de guineo en medio del camino, una laja de río que zanja la corriente, una grieta en el soco del medio.

—Dígame, doña—dice Inma con una respetuosidad finamente controlada.

—Pensé que te había dicho que no te metieras en mi closet—dice Mrs. Horton.

—No he entrado a su closet, doña—miente Inma.

—Si tienes que planchar mi ropa después de secarla—continua Mrs. Horton como si no le hubieran hablado—, hazlo en el área de servicio. Cuando la tengas lista me la dejas sobre la cama, que yo la cuelgo después.

—Así mismo lo hice, doña.

—Te pedí por favor que no entraras a mi closet. Simplemente no entres y punto.

—No, doña.

—Cuando entras se queda ese olor tuyo ahí y sabes bien que no lo soporto, ya te lo he dicho.

—Doña…

—Acabo de entrar ahora y casi me desmayo del bajo…

—Pero…

—No quisiera tener que repetírtelo. La próxima vez prefiero despedirte sin más. ¿Quedó claro?

—Sí, señora.

La mujer le da la espalda y se va, dando pasitos cortos y pisando con cuidado, como si caminara sobre huevos, envuelta en una nube de *Shalimar*.

Inma redirige su atención a la estufa, al arroz que ya hay que moverlo, a la carne que ya está sellada, y sus ojos no se humedecen con lágrimas, que para eso es que sirven, para lubricar los ojos, que están secos, irritados, y le pican.

♣

Quien te ha visto y quien te ve.

1965

¿Cuál es la diferencia fundamental entre una persona que dice "tengo sed" y una que dice "quiero agua"?

❧

Una violenta patada abre la puerta de la casucha y tres Marines entran como una tempestad.

—Where is he?—pregunta uno.

—¿Qué?—dice Inma haciéndose la pendeja, y todavía no ha cerrado la boca cuando uno de los soldados se la cierra de un pescozón. Inma cae al suelo.

Clarisa y Melisa, que dormían en el piso, se despiertan gritando y se abrazan. Los otros soldados empiezan a rebuscar en el pequeño espacio, revolcándolo todo. El soldado que abofeteó a Inma se le para encima, mirándole las piernas desnudas. Ella trata de cubrirse.

—He's not here—anuncia uno de los Marines. Se miran entre ellos, luego a Inma, que yace indefensa en el suelo, y el que tumbó a Inma les dice a los demás:

—Guard the door.

No pongan esa cara. Para esto es que sirven las guerras.

Los dos Marines salen, cierran y se ponen a custodiar la puerta para darle tiempo a su compañero. Ya les tocará el turno a ellos. El soldado que se ha quedado con Inma dentro de la chabola empieza a desabotonarse el pantalón.

—No…—dice Inma.

El soldado se arrodilla y agarra a Inma por las piernas.

—Come on, baby…—dice el chico, un muchachón, una dulzura de hombre. Inma forcejea.

—¡No! ¡No!—grita.

Justo cuando está a punto de consumarse la violación, entra a la casucha el héroe norteamericano, el hombre rubio de las películas, su dorada cabellera aplastada con brillantina… Bien visto, el capitán Horton es un hombre bastante feo, pero toda esa blancura, toda esa rubicundez impresiona, como si de pronto se colara en la realidad un ramalazo de la magia de Hollywood, hogar original de tanta blancura y rubicundez. El pichón de violador se para torpemente en actitud de atención y se sube el pantalón con torpeza. Horton lo observa con paciencia. El soldado le hace el saludo militar mientras se sostiene el pantalón con la mano izquierda.

—Get the fuck out…—ordena Horton.

El soldado se apresura a obedecer.

—And tell Molina to get in here.

Horton queda solo con Inma, a quien le ofrece su mano y ayuda a ponerse de pie.

—Vas a tener que perdonar a los muchachos—dice Horton con un acentazo—Están un chin… inquietos.

Horton estudia el interior de la casucha, asqueado.

—Imagino que viendo cómo viven ustedes asumen que it's

OK… que está permitido… Ya sabes: como el reino animal. If you can get 'em… then get 'em.

Horton descubre a las gemelas y se les queda mirando con sumo interés.

—Lindas niñas…—dice y le sonríe a Inma—. What a wonderful double play, huh?

Inma no contesta, paralizada del terror. No la aterroriza lo que vaya a hacerle Horton a las niñas, porque no llegará a hacerles nada. Lo que la aterroriza es que va a tener que matar a Horton con sus propias manos, tendrá que usar quizá los dientes, desgarrarle la tráquea de un buen mordisco, pero no lo hará lo suficientemente rápido y Horton pedirá ayuda, entrarán los demás soldados y la matarán a ella y a las hermanas… o peor.

Horton se les acerca lentamente a las gemelas, pero se detiene y recobra su compostura cuando Molina entra.

—Molina—dice Horton, matando la incipiente erección—, tú sabes que tengo mis problemas haciéndome entender por tus paisanos… y paisanas también, por supuesto… Paisanas, sobre todo. ¿Serías tan amable de averiguar qué sabe ella, por favor? Thanks a bunch…

Horton sale y cierra la puerta tras de sí.

Molina se aproxima a Inma. Mira a su alrededor y vuelve a mirarla a ella. Inma ahora está furiosa.

—Un hombre entró aquí…—dice Molina.

—Nadie entró aquí…—dice Inma.

Molina la mira con mucha atención, tratando de leer sus expresiones.

—Un hombre muy peligroso—explica—. Puro Maceta.

Inma niega con la cabeza.

—Aquí no.

—Pero sabes bien quién es…

Molina mira a las gemelas acurrucadas en el suelo.

—Tú en especial—insiste Molina—, no me vas a decir que no sabes quién es.

Inma mantiene su postura. Molina la mira intensamente, pero Inma no responde. Molina la estudia, trata de leerla, pero es como tratar de descifrar un mensaje en el patrón de vuelo de una bandada de garzas. Molina intenta otro ángulo.

—Tú eres Inmaculada, la mayor de Pancho.

—Sí…—responde Inma de mala gana.

—Seh…—afirma Molina, despectivo, grasiento—. La hija del contrabandista. Unjú…

Molina camina hacia la puerta.

—Del contrabandista muerto, mejor dicho… así es la vida—dice Molina mientras golpea las precarias paredes de la casucha… y se ríe—. Tan bien que estaban ustedes, ¿eh, mami? Y mira ahora. Eso es lo que pasa cuando juegas para el equipo equivocado.

—¿Y qué equipo es ese, si se puede saber?—dice Inma, envalentonada. A Molina no le parece necesario ocultar su sorpresa.

—El equipo perdedor, claro…—dice.

Molina abre la puerta y le espeta desde el dintel:

—Mantente alerta. Agúzate. Quizá la muerte de tu papito tiene algo que enseñarte.

Antes de irse, Molina mira a las gemelas con morbo, le

guiña un ojo a Inma y se va. Inma no se inmuta… Pero al cabo de unos instantes una lágrima le cruza el rostro, rauda, densa, cargada de minerales y salitre, y en su trayecto ha atrapado la luz de la lámpara y brilla en su rápido recorrido por la negra mejilla, como una estrella fugaz en medio de una noche oscura.

❦

Molina sale de la casucha de Inma y se acerca a Horton, que se fuma un puro en compañía de sus hombres.

—¿Le sacaste algo?

Molina se encoje de hombros.

—Sigan buscando por ahí—dice, los ojos puestos en la chabola de Inma—. Yo me voy a quedar por aquí un rato por si acaso.

Horton tira su cigarro y lo pisa.

—Alright!—dice el capitán Horton, les hace señas a sus hombres y se van.

Pero Molina sabe que Puro está en esa casa, lo olió en el aire de la pequeña estructura, está o estuvo recientemente. El odio afina los sentidos, mucho más que el amor.

Atiendan.

1976

Suena el timbre.

Aunque es el mismo timbre, el de salida tiene una melodía distinta, más dulce y feliz, díganme que no.

Los niños salen en masa de las aulas, corriendo, saltando, haciéndose travesuras entre ellos. Lucía y Maceta hablan mientras caminan hacia la calle. Bueno... Lucía habla. Maceta siempre fue un sujeto de pocas palabras.

—Nada, Sandra está celosa porque no entiende la letra y... Además, ella no tiene oído musical. Yo solo lo oigo una vez y ya. Me lo aprendo.

—Anjá...—hace Maceta, impaciente, buscando la forma de separarse de Lucía. Lucía parecería estar armándose de valor para decir algo, hasta que finalmente se decide:

—Pues sí... matemática, matemática; ¿qué iré yo a hacer con matemática? Yo solo... ¡Ay!, no sé... Es difícil para mí. Y el examen es dentro de un par de días... o sea... ¿tú me ayudarías a estudiar? Podrías venir a mi casa y...

—OK.

—¿De verdad?

—Sí, claro… ¿por qué no?—dice Maceta, entendiendo que decir algo antes de separarse es mejor que separarse sin decir nada.

—¡Sí!—grita Lucía y acto continuo se recompone—. Que diga: gracias. Voy a hacer unos sanduchitos y jugo de guayaba y…

—Me tengo que ir… te veo mañana.

—¿Qué?—dice Lucía mientras ve a Maceta alejarse a toda prisa—. ¡Maceta!

—La matemática es fácil. Te veo mañana… ¡Adiós!

Lucía se queda sola, refunfuñando.

—Pero, ¿a dónde vas?—pregunta en voz completa, y luego para sí—: ¡Ay! Estos hombres…

¡Los hombres, los hombres! Cuidado con los hombres. Cuidado, ¡mucho cuidado!

Los hombres son criaturas extrañas, desde chiquiticos. No viven en este mundo. Parece que sí, pero no. Unos más, unos menos, pero todos están siempre en otra parte.

Viven la mayor parte de sus vidas metidos en sus propias cabezas, maquinando, planificando, estudiando las rutas, las posibilidades, los contratiempos. Si les preguntas, no te contestan, o te contestan a medias, dejan caer migajas para que te mates el hambre, para que te entretengas, te mantienen siempre al borde de la inanición, dándote lo justo para que no te mueras.

Y cuando quieren joderse no hay manera de evitarlo, no escuchan razones.

Y si los amas, te joderás con ellos; no podrás salvarlos, pero tampoco querrán salvarse ustedes.

Cuidado con los hombres, ¡mucho cuidado!

♣

Maceta toma una ruta distinta de vuelta a su chabola miserable. Lo vemos correr en dirección contraria a la que vino, cruzando callejones, saltando paredes y deslizándose por un barranco hasta llegar a un camino pavimentado estrecho que bordea una larga malla ciclónica.

Parkour le dicen ahora, según tengo entendido.

♣

Maceta camina por la senda hasta llegar a un punto donde el tronco de un árbol caído obstruye su trayecto. Deposita su mochila en el suelo y se sienta en el tronco en actitud expectante. Una rutina. Lo acostumbrado.

La malla ciclónica resguarda un hermoso campo de golf muy bien mantenido. Maceta está sentado cómodamente en el tronco, como quien espera un espectáculo.

El espectáculo que espera Maceta no es el de golfistas absortos en las complejidades de su deporte. Un carrito con dos de ellos acaba de estacionarse cerca de allí y Maceta se impacienta.

—¿Que qué? No...

Los hombres se apean del carrito, buscan una bola; la encuentran, charlan amenamente.

—Vamos, denle a su bolita y síganlo—murmura Maceta, que no termina de entender exactamente cuál es el objetivo del juego.

Uno de los hombres prepara su swing... pero siempre se detiene justo antes de pegarle a la bola y vuelve a medir.

—Pero, ¿qué tú haces?—piensa Maceta, o lo dice por lo bajo; de esas diferencias él ya no se da cuenta—. Toma una decisión. Manda la bola a volar... Un momento: bola, volar. Son casi la misma palabra. ¿Qué hay detrás de esta coincidencia? ¿Tendrán algo que ver una con la otra? Pero ¿cómo? Quizás si regresamos a los orígenes de ambas palabras podríamos encontrar el factor común... O quizá encontraríamos que las palabras eran sumamente distintas y que sólo el tiempo las ha ido haciendo similares. Éstas son cosas que nunca podré saber...

Maceta exhala un suspiro de exasperación. El hombre finalmente le pega a la pelota de golf.

—¡Por fin!

Maceta aplaude feliz. Los hombres se suben a su carrito y se van. El green queda completamente vacío.

El sol brilla radiante. La cara de Maceta es un visaje de pura expectativa.

—Posiblemente—piensa o dice Maceta—se trate de un mecanismo automático. Un reloj que al dar la hora correcta envía una señal a otro mecanismo que se encarga de abrir la toma. Cómo se logra todo esto, como un mecanismo puede enviar una señal a otro mecanismo para que ese mecanismo se comporte así o asao… Pues yo puedo imaginármelo, pero no sabría decir si lo que imagino y la realidad se corresponden. Seguramente que no. Si se trata de un mecanismo automático, entonces hoy se está atrasando. ¿No viene siendo hora ya de que pase lo que siempre pasa?

En efecto: obedientes, inexorables, se encienden los aspersores de agua del campo y al cabo de unos segundos aparece un fabuloso, prístino, claramente definido arcoíris.

—Sí…

El rostro de Maceta es epítome de una dicha pura y perfecta.

—Eso.

♣

Que la luz blanca se divida en siete colores es un milagro que siempre ha maravillado a Maceta. Peor es ponerlo al revés: pensar que juntar haces de luz correspondientes a los siete colores primarios se combinarán para formar un solo haz de luz blanca…

¡A quién le cabe en la cabeza!

Pero, pensándolo mejor ¿qué otro color podrían formar?

♣

Al cabo de un rato los aspersores se cierran y el arcoíris desaparece. Maceta emprende el camino de retorno a su humilde morada.

Pasa por donde Tomás y Simón.

—Te estoy diciendo… es un problema eléctrico, déjame a mí—dice don Tomás.

—Pa, yo la oí cuando se apagó—explica Simón—, yo era el que andaba en ella, ¡te digo que es el carburador!

—Buenas tardes, don Tomás. Hola, Simón.

—Buenas, Maceta—responden padre e hijo al unísono. Maceta sigue andando.

—Bueno, po arréglalo entonces—dice don Tomás.

—No, quizá es eléctrico, échale un ojo a ver—dice Simón.

Maceta pasa por donde Jacinto y Eneida… y sus cinco hijos, que holgazanean en el patio de tierra pelada.

—Buenas, don Jacinto—desea Maceta—. Saludos, doña Eneida

—Buenas tardes, Maceta—responde Jacinto.

—¿Tuviste un buen día en el colegio?—quiere saber Eneida.

—Sí, gracias—responde Maceta sin detenerse.

Maceta pasa por donde don Chago, que justo se baja de su triciclo, el canasto vacío.

—Buenas tardes, don Chago—dice Maceta—. ¿Hizo buen negocio hoy?

—Buenas, Maceta—responde don Chago—. No me puedo quejar. ¿Aprendiste algo nuevo hoy?

Maceta se lo piensa.

—El orden de los factores no altera el producto.

Chago suelta una sonora carcajada.

—¿Y qué hago yo con eso, mijo?

♣

Afuera de la casucha de Inma, debajo del tamarindo, Melisa maquilla a Clarisa mientras Yubelkis, una compañera de labores, observa de cerca.

—Así es que yo quiero que tú me hagas los ojos…—les dice Yubelkis.

—Clari los hace mejor—le confiesa Melisa.

—Vas a tener que hacer turno—interviene Clarisa—. Carola llegó primero.

—¡Pero Carola se está secando!

Y así mismo es. Las gemelas tienen un secador de pelo estacionario conectado directamente al poste de luz. La jovencísima Carola está sentada secándose y hace un gesto con la mano que significa: "la madre de la que me coja el turno". Cuando Melisa ve a Maceta, interrumpe su labor.

—¡Hola, Maceta!—exclama efusiva—. ¿Háblame del colegio?

—Ven acá lindo—le dice Clarisa—, dame un besito.

Maceta obedece y le da un beso a cada una.

—¿Van a salir esta noche otra vez?—pregunta Maceta.

Las gemelas se miran.

—Ya lo sabes—le dice Clarisa.

—Tenemos que trabajar, acuérdate—elabora Melisa.

—Todas las noches—detalla Clarisa.

—Anjá…—dice Yubelkis con cocorícamo.

Clarisa le da un codazo. Maceta no se da por enterado… pero se entera.

—¡Y mira quién más está aquí!—exclama Melisa aliviada.

Bajando la calle y bordeando la esquina del Taller de

Desabolladura y Pintura Lidio López Gutiérrez, Inma camina
hacia la casa.

♣

Maceta corre a recibirla y ella se deja recibir. Mientras lo
abraza, Inma interroga a sus hermanas frunciendo la nariz.

—Adentro… durmiendo—dice Clarisa.

Inma eleva la mirada al cielo y cierra brevemente los
ojos, signo inequívoco de quien quiere que la parta un mal
rayo, pero al separarse de Maceta le dedica a su hijo una
sonrisa sincera.

Como si supiera que hablaban de él, un hombre sin camisa
aparece en la puerta de la casucha, bosteza ruidosamente y
mira a Maceta con evidente menosprecio.

—Ponte hacer tareas con Melisa…—ordena Inma a
Maceta, que al instante se le sienta en el regazo a la tía—.
Clari, búscame a la nena donde Mercedes y dale algo.

Clarisa obedece. Inma entra en la casucha, evitando al
hombre, que entra detrás suyo.

♣

El hombre tiene toda la pinta de un rufián. Se acaba de
levantar y se nota.

—Maceta tiene puesto su uniforme del colegio—observa
el perspicaz individuo.

—Claro, se lo puso esta mañana tempranito—responde
Inma, impávida.

—¿Y se puede saber por qué?

—Porque la escuela no se puede ir encuero. Tienen otras reglas, pero esa es básica.

—Ay, Dios mío, pero qué graciosa... Óyeme una cosa, mujercita comemierda, ¡no te me hagas la sabihonda! Ya yo te dije a ti que aquí no estamos para perder el tiempo. Todo el que vive bajo este techo tiene que trabajar, o pedir, o robar, o buscársela con los turistas.

—Oh, y dime una cosa, ¿de cuál de esas cuatro opciones es que te encargas tú?

—¡No me hables así coño! ¿Cómo que cuál de las cuatro hago? ¡Yo estoy tirao pa la calle desde anoche, bregando!

—Raúl, yo creo que estas confundiendo otra vez los sueños con la realidad. Mira la hora que te despiertas.

—Llegué de madrugada, fajao que estaba.

—Cuéntame de nuevo: ¿haciendo qué exactamente... si se puede saber?

—¿Haciendo qué exactamente? ¿Haciendo qué exactamente? ¡Joseándome el peso... haciendo eso exactamente!

—¿Ah sí? ¿De verdad?

—Sí, de verdad.

—¡Aleluya! Yo me alegro, porque si tú tienes cuartos eso quiere decir que no me los vas a coger a mí cuando me descuide, como siempre haces. Aunque yo dudo mucho que te quede un chele. No es fiao que te emborrachas todos los días, de eso estoy yo segura... ¿o tú te crees que yo soy idiota?

—Yo no creo que tú seas idiota, no... yo sé que tú eres una idiota. Eres peor que tu hijo. Yo quisiera saber qué coño es lo que tú piensas. ¿Qué? ¿Tú de verdad te imaginas que ese mojón va a ser doctor, o abogado… eh? ¿Ingeniero? ¡Pendeja!

—Yo no estoy segura de lo que Maceta será. De lo que sí yo estoy segura es de lo que no va a ser: un tecato, como la mitad de los carajitos que andan por ahí, que no hay un día que no estén arrebataos con cemento o con sabrá Dios qué…

—Ya vienes tú de sindicalista, buena mierda. Tú no sabes de lo que estás hablando. Óyeme bien: ni un centavo más para mierdas de colegio… Ni libros, ni lápices, ni nada… ¿Me oíste?

—¡Ooooh…! ¡Ooooh! ¡Excúsame! ¿Tú me estás amenazando con no darme dinero para el colegio de mi muchacho? Espérate, espérate, espérate: ¿y cuándo carajo me has dado tú un chele a mí para nada? Dime por favor, ¿de cuándo acá los vagos haraganes buenos para nada que en su vida se han ganado un peso le dicen a los que sí se lo ganan qué hacer con el dinero?

♣

Desde que el mundo es mundo, Inma. Desde que el mundo es mundo.

♣

Se escucha un golpe seco y un grito. Raúl sale de la casa hecho un demonio. Maceta se mantiene ajeno a todo lo que sucede, ha estado todo el tiempo absorto, mirando fijamente hacia delante, al otro lado de la calle.

—Tía Clarisa—dice Maceta—, ¿qué es ser pobre?

—Ser pobre—responde Clarisa luego de pensárselo por unos instantes—, es nunca tener lo que te hace falta, cuando te hace falta.

—Jum...—hace Maceta, sin desviar la mirada de su objetivo.

—Aunque, también—dice Clarisa, abrazándolo más estrechamente—, uno podría decir que ser pobre es nunca uno poder tener lo que quiere.

—Entonces—dice Maceta arrugando la cara en confusión—, ¿no es lo mismo lo que uno quiere y lo que uno necesita?

Clarisa ríe.

—No—dice—. No siempre.

—¿Qué es más importante?—insiste Maceta—. ¿Lo que uno quiere, o lo que uno necesita?

—Eso depende.

—¿De qué?

—¡Ay, Maceta!

—¿De qué?—repite Maceta, sin pestañear.

—A ver—Clarisa odia que la pongan a pensar—, ¿cómo te lo explico? Casi siempre para poder conseguir lo que se quiere, primero hace falta tener lo que se necesita. Podría pasar al revés, pero eso es muy raro. Si nunca puedes conseguir lo que necesitas, entonces nunca podrás tener lo que quieres. Esa es la tragedia del pobre.

Maceta no insistió y su silencio le hizo saber a Clarisa que estaba satisfecho.

Y desde el regazo de su tía Maceta continúa descansando

la vista sobre el Loco Abril, parado delante del taller de Lidio y devolviéndole la mirada con igual intensidad.

Maceta se mete la mano en el bolsillo, extrae la bujía que encontró en la mañana y la coloca verticalmente entre el índice y el pulgar, extendiendo el brazo como para ofrecérsela, o enseñársela, al desquiciado indigente.

Por toda respuesta, el loco abre la boca y le muestra sus dientes carcomidos.

ENTRE LOS QUE están ahí porque quieren estar, los que están ahí porque les pagaron por estar, y los que están ahí porque los amenazaron, hay doscientas personas, más o menos.

El romo y la cerveza corren como ríos de agua viva, y el tigueraje se hace sentir. Un musicón revienta los tímpanos de la concurrencia y si no se los reventara pedirían a los que se encargan del sonido que se los revienten.

Ya han hablado varios diputados, varios líderes comunitarios, varios hombres de negocios locales. La pausa musical—que aparte de alegrarle los ánimos, les sirve para aceitar las gargantas con alcohol sin tener que simular que prestan atención a la mierda que hablan los patricios barriales, restándole al placer—llega súbitamente a su fin. Es hora de que el tutumpote que ha organizado el mitin, el más-que-mea al que han dirigido sus panegíricos los lambones que previamente han ocupado el podio, diga lo que quiere decir, lo que vino a decir, lo que están obligados a escuchar.

Cada vez que tiene que hablar en público, al público, Molina piensa en Puro.

Tan fácil que le salían todas esas palabrejas, los chistes, los refranes, los giros de frase que revelaban una sabiduría milenaria, no académica, no intelectual, no rebuscada, que por eso eran un éxito sus discursos. Molina quiere hablar como Puro, echarse al bolsillo a su audiencia, y ni le pasa por el magín que no importa, que esa gente que está ahí, esperando a que hable, votará por él no importa lo que diga, porque son otros los intereses los que les han sido cubiertos, otros los beneficios que devengarán, ya prometidos u otorgados; no están ahí para les mueva el espíritu, para que los encamine hacia una causa común, para convencerlos de que el trabajo no lo puede hacer él solo, sino todos, y que, de hecho, son más los sacrificios y esfuerzos que tendrán que hacer ellos.

Pamplinas.

Pero Molina no puede evitarlo. Para él, hablar en público es hablar como hablaba Puro.

El problema es que como Puro no había nadie, ni antes ni entonces.

Y el problema mayor es que Molina como quiera lo intenta.

—Amigos, hermanos, compueblanos y compatriotas, hijos de Quisqueya la bella, descubierta por Colón hacen ya tantos y tantos siglos. ¿Qué les puedo decir? Ustedes me conocen, yo ando por la calle y ustedes saben mi nombre y mi dirección. Este es mi barrio, aquí nací y aquí me crie. Me josié el peso como todos ustedes se lo josean y llegué a la cúspide de la cima trabajando duro. He manufacturado empleos por pipá, doy trabajo a hombres y mujeres, de mí no hay quejas ni nadie quejándose. ¡Yo he levantado este barrio levantándolo desde abajo!

La concurrencia aplaude y echa vivas. Molina espera a que la excitación amaine. Se apodera de él una confianza petulante. Está caliente y calentando.

—He realizado muchos sacrificios por mi patria, porque el sacrificio es un deber obligado y patriótico. No soy como otros políticos que solo buscan lo de ellos. ¡Yo busco lo mío, y también lo de ustedes!

La algazara alcanza niveles de tumulto. Molina siente que poco a poco canaliza a Puro. Es hora de sacar los cañones.

—Y estoy dispuesto a hacer lo que pocos hacen. Estoy dispuesto a dar el todo por el todo. Llegado el momento, y si es lo que hace falta, no me temblará el pulso para hacer como Platón, que para salvar a su pueblo de la calamidad, en el momento más inesperado ¡agarró la cicuta y se la enterró en el pecho!

Hurras, vivas, aleluyas, hosannas. El aplauso es ensordecedor. Molina calma a la masa mostrándole las palmas de las manos volteadas hacia abajo, como un profeta que estuviera a punto de derramar sobre sus seguidores un torrente de sanación. No hay quien detenga a Molina ahora.

—Nuestro barrio necesita un diputado como yo en la cámara baja, sí señor, para que en palacio escuchen nuestras voces. Porque seremos pobres, pero no pendejos, y el que no llora, no mama. Y no crean que si salgo electo los olvidaré, como otros saltapatrases han hecho, no. No, señoras y señores.

Cuando salga diputado no me verán por ahí queriendo aparentar lo que no soy. Cuando salga diputado, amigos y compatriotas todos, ¡las puertas de mi oficina permanecerán herméticamente abiertas para todos ustedes!

El alboroto del enloquecido gentío alcanza su punto de caramelo, y Molina reconoce el momento de despedirse. Siempre hay que cortar en la nota alta.

Recibe los vítores saludando aquí y allá, y poco a poco se aleja del podio. Pero entonces se detiene, como si recordara algo, y regresa. Toma el micrófono.

—Déjenme aprovechar, antes de irme, para dispersar unos pendejos rumores que han llegado a mis oídos.

La concurrencia hace un silencio sepulcral, atenta a esta invitación a la intimidad.

—Se han puesto a decir por ahí que yo soy dique maricón...

La multitud murmura entre sí, indignada, divertida, en suspenso.

—¡Cuando todo el mundo aquí sabe que yo tengo una mujer en cada esquina de este barrio!

Apoteosis.

Molina deja caer el micrófono y se aleja con paso decidido.

♣

De todos los susodichos, el que mejor se conserva es Molina. Los feos tienen esa ventaja. El tiempo les coge pena, se desvía, no los toca. No mejoran, pero no empeoran.

Se ha dejado crecer el afro. Se adorna la garganta con

cadenas, las muñecas con brazaletes y guillos. Tiene las patillas levemente encanecidas.

¿Se acuerdan de la película que vimos hace unos días, Saturday Night Fever? Molina se viste como el protagonista: coloridas camisas de cuellos largos y pantalones de bota-manga ancha. El toque personal de Molina a este vestuario importado es la reluciente hebilla de su correa, en la que predomina una cabeza de tigre.

Su oficina es horrible. Llévense de mí.

Horribles las paredes llenas de fotos con celebridades del patio, horribles los muebles con adornos repujados, horrible la alfombra falsamente persa, horribles los biscuices de cerámica mal pintada y madera mal tallada que adornan el escritorio (un dragón, un tigre, un payaso llorando, una mujer levantándose la falda y enseñando las nalgas, una cornucopia, un africano de palo que muestra una verga erecta, unida al cuerpo con un resorte, cuando alguien levanta el barril que lo cubre), horrible la silla del escritorio, horrible el escritorio.

Todo el lugar es un monumento al mal gusto. El gusto de aquellos que quieren lucírsela de sofisticados sin serlo, que afean creyendo embellecer, y cuya idea de decorado es una inundación de quincallería.

Molina está sentado en su horrible butaca delante de su horrible escritorio y a su lado está Mingo, un tipo con aspecto de matón, vestido con una camisilla, una cadena de oro en el cuello y un afro medio descuidado.

Mingo tiene aspecto de matón porque es un matón. En este caso las apariencias no engañan.

De hecho, en la estricta opinión de quien les habla,

las apariencias rara vez engañan. Hay que estar atento las excepciones, claro está, pero por regla general lo que ves es lo que hay.

Lo que hay delante de Molina es un muchachón de casi treinta años con toda la pinta de un palomo.

Y en efecto, se trata de un palomo. Un palomo que responde al nombre de Evelio.

♣

Sí. Ese mismo Evelio.

Bien se los advertí antes: *muchas cosas se explican en este cuento; preguntas que en algún momento me han hecho se contestan; situaciones que nunca les han cuadrado, cuadrarán.*

Atiendan.

♣

Evelio es tan y tan palomo que cree que poniendo cara de chuipi ablandará a Molina.

—Ese negocito es todo lo que tengo… todo lo que tengo—dice—. Heredado de mi papá, que lo heredó de mi abuelo…

Evelio empieza a sollozar.

—Ay no, ay no, ay no…—dice Molina, enseñándole la palma de la mano a Evelio—. No hagas eso. Al favor… Eso no es necesario.

—A él no le gusta eso—recalca Mingo—. Deje de llorar, carajo, pórtese como un hombre.

Evelio, evidentemente asustado, se contiene.

—Toda mi familia…—continúa Evelio—. Toda mi familia depende de mi negocito… es nuestro sustento.

—Su sustento… por supuesto—asiente Molina.

—Así que si usted me presta esos chelitos… pa quitarme de arriba al banco…

—Pero claro, Evelio—dice Molina, reconfortante—, ese dinero siempre ha estado aquí para usted… Lo único que falta es que definamos las garantías. Depende de usted. ¿Cuál es su decisión? Eso es todo lo que se interpone entre usted y el dinero que necesita.

—¿Qué es lo suyo, sorullo?…—explica Mingo—. Usted es el que sabe.

—Bueno… yo estaría dispuesto a darle el cincuenta por ciento del negocio…

Molina pausadamente niega con la cabeza. Mingo se sonríe sarcásticamente.

—Amigo…—se adelanta Mingo—, usted sabe bien que no es eso.

—Usted sabe bien lo que quiero—dice Molina, inexpresivo.

Evelio está nuevamente a punto de llorar.

—Magdalena—le dice Molina, exasperado—, váyase a llorar afuera por favor… y no vuelva a menos…

—A menos que…—dice Mingo, misterioso—Usted sabe, don…

Evelio se pone de pie, acongojado, y se va. Al tiempo que lo hace entra una voluptuosa recepcionista.

—Sr. Molina, el Sr. Moon está aquí para verlo.

—Hazlo pasar. Mingo, vete rápido antes de que ese chino te vea y le dé un infarto.

—Sí, jefe…—dice Mingo y se apresta a salir por la puerta de la oficina.

—Por ahí no, animal—le advierte Molina.

—Pfft… verdad—dice Mingo riéndose—. Qué bruto.

Mingo se devuelve y abre una puerta secreta, bien camuflada en la pared detrás del escritorio.

—Y ten todo listo ahí abajo—le avisa Molina—, cojo para allá con el hombre en diez minutos, más o menos.

—Claro que sí, jefe.

♣

El Sr. Moon no es chino, sino coreano, pero ha aprendido que en este país la diferencia es imposible de explicar.

Es bajito y regordete y tímido. Molina se pone de pie para recibirlo y le estrecha vigorosamente la mano.

—Que placer verlo de nuevo, Sr. Moon.

—¿Cómo está usted?

—No podría estar mejor—responde Molina—. Sobre todo si me trae usted buenas nuevas. Por favor, siéntese.

Ambos se sientan.

—Sr. Molina, como sabe, yo soy un simple representante. Mis socios todavía necesitan convencerse de que invertir en su candidatura se traducirá… en mejores retornos para nuestras empresas.

—Lo entiendo completamente Sr Moon. También entiendo

que, si usted está convencido, realmente convencido, hará todo lo posible por convencer a sus socios y colegas.

El Sr. Moon asiente. Molina se pone de pie, rodea el escritorio, y se le acerca.

—Así que… asigún yo lo veo…—dice Molina en un tono conspiratorio, tomando al Sr. Moon por el brazo y conduciéndolo hacia la puerta secreta—, solo necesito convencerlo a usted.

Molina abre la puerta y entran.

♧

El Sr. Moon y Molina caminan por un pasillo oscuro, iluminado tenuemente con lucecitas rojas. Molina le echa el brazo al Sr. Moon y lo aprieta contra sí.

—¿Le gusta nuestro país, Sr. Moon?

—Sí, me gusta mucho.

—Y, ¿qué es lo que más le gusta de nuestro país? Sea honesto.

—Bueno… me gusta el clima. Es sabroso todo el año.

Moon y Molina llegan a una puerta de cristal.

—La comida es buena también… a veces.

—La comida y el clima—repite Molina, decepcionado, al tiempo que abre la puerta—. Vamos a ver si arreglamos eso cuanto antes…

♧

Molina y el Sr. Moon ingresan a un amplio, exuberante y palaciego salón, lleno de hermosas jóvenes semidesnudas. Las chicas están por todos lados, reclinadas en divanes, jugueteando en bañeras, danzando en tubos… Moon está boquiabierto. Los ojos se le quieren salir de la cara. Molina lo agarra por el brazo y le muestra el lugar, guiándolo. Las chicas coquetean con él. Parece un niño en una juguetería.

—Normalmente no funcionamos a esta hora—le suspira Molina en la oreja al Sr. Moon—. De hecho, ¡estamos cerrados!

El Sr. Moon se deja llevar, ofrece nula resistencia.

—El lugar es todo suyo, Sr. Moon.

Moon está extasiado.

—Así le puede decir a sus socios con mayor conocimiento de causa lo confiado que está en la inversión, y de que este servidor, su mejor amigo en el mundo, es una apuesta ganadora.

Una chica agarra a Moon por la mano y se lo lleva. Molina lo retiene y se lo lleva hacia otro lado. Moon luce desgarrado, confundido, destrozado.

—Sr. Moon… confíe en su amigo—lo consuela Molina, señalando a las muchachas que lo provocan—. Estas… estas son pura decoración. Algo para entretener los ojos mientras bebe y juega póquer con los amigos y pasa el rato…

Caminan hasta llegar a una puerta roja.

—Para hombres de su clase y categoría tenemos un menú diferente…

Molina abre la puerta para revelar una habitación roja y rosada, llena de almohadas, terciopelo y cortinas transparentes y ondulantes. En el centro de la habitación hay una cama en forma de corazón.

Molina le da al estupefacto Moon un suave empujoncito para que entre, y cierra la puerta tras él.

Sobre la cama, Clarisa y Melisa, en pantis, le sonríen al coreano con fácil picardía.

♣

Sí. Esas mismas.

Supérenlo.

UNA VAN NEGRA se detiene frente a la escuela de Maceta.

No, del vehículo no se apea un equipo de asalto. El vehículo tampoco está tripulado por pedófilos armados de dulces y helados.

De la van, negra como el ala de un cuervo, se desmonta media docena de monjas con hábitos blancos como la espuma. Bien formadas en fila, pues pertenecen al ejército de Cristo, y cargando pesadas cajas, entran al plantel escolar.

♣

Los países del primer mundo son los mejores porristas de sí mismos, reconozcámosles eso al menos. No pierden tiempo en aplaudir sus propios esfuerzos, promover sus hallazgos, difundir sus "descubrimientos", elogiar a sus deportistas y encumbrar a sus hombres y mujeres de bien.

No pierden ni un solo segundo en competir con otros países, desarrollados o no, por los primeros puestos en variados renglones: importaciones, exportaciones, nivel educación, expectativa de vida, mortalidad infantil, salario mínimo, alfabetización, y así por el estilo. Y sin embargo, hay un renglón en el que están empate, todos, todos, todos, sin que uno le lleve ventaja al otro. Todos los países del primer mundo ocupan el primer lugar en creer que ocupan el primer lugar.

⚜

Los ciudadanos de estos países ya ni siquiera se dan cuenta de que están todo el día consumiendo panegíricos y propaganda. A estos productos se les llama "prensa", "cine", "televisión", "literatura", "religión"…

Muchas son las cualidades que listan los miembros de estas sociedades para explicar su maravillosa buena suerte. "Ética de trabajo" dicen unos, "superioridad racial" dicen otros, "divina providencia", "apego a la ley", "amor al orden y la justicia", "igualdad", "secularismo", dicen todos… Complicadas nociones todas ellas que no podemos entender—y a las que no podemos aspirar—el resto de nosotros.

Ninguno de ellos dura mucho rumiando la extraña coincidencia de que los países más afortunados son precisamente los países que invaden y bombardean y ocupan y administran y subyugan y acosan y extraen los recursos naturales y humanos de los demás países, que ni invaden ni bombardean ni ocupan ni administran ni subyugan ni acosan ni extraen los recursos naturales y humanos de nadie más. De este modo nadie es capaz de concluir, aunque sea preliminarmente, que la buena suerte de la que gozan depende de la mala suerte de otros.

Y que esa mala suerte de los otros, inversamente proporcional a su felicidad, es un cimiento que ellos mismos levantaron.

♣

Lo que crean los ciudadanos de estos países acerca de lo que los hace especiales variará según la nacionalidad. Pero yo me atrevo a decir que existe una característica que todos comparten y podría incluso demostrar que, si bien no duran mucho rumiando extrañas coincidencias, la reconocen perfectamente.

Estoy hablando, por supuesto, del sentimiento de culpa.

♣

Maceta presta atención a la cretina lección de matemáticas que imparte el maestro Reyna. Aburrido, mira por la ventana y alcanza a ver el grupo de monjas atravesando el patio del colegio. Llama la atención de Lucía y gesticula para que mire afuera. Lucía se encoje de hombros. Maceta sigue mirando, absorto.

♣

Durante el recreo, Maceta ignora su merienda y los juegos de sus amigos en el patio para discretamente seguir a las monjas, quienes recorren el plantel acompañadas del director. Maceta se mantiene lo suficientemente cerca como para escuchar su conversación sin ser detectado.

El aspecto de las monjas es chocante: son muy pálidas, rubias, de ojos azules. La superiora habla con un marcado acento.

Son gringas.

—Para nosotras—dice—, es una gran alegría poder compartir esta dádiva con los niños de su escuela…

—Claro, Madre—responde el director con inusitada humildad.

El grupo camina hacia unas cajas grandes colocadas en el piso; Maceta observa todo oculto tras una pared.

—Aquí tenéis—explica la madre superiora—, un donativo hecho por niños de nuestra nación, de las mismas edades de los que estudian aquí.

—¡Cuánta bondad y generosidad!—agradece el director con exageradas zalemas.

Maceta escucha con mucha atención… De súbito aparece Lucía detrás de él y lo sorprende.

—¡Hey!—exclama y Maceta le pide que se calle.

—¿Qué?—pregunta Lucía, cómplice.

—Nuestra única condición—informa la madre superiora—, que usted respaldará, es que los libros en estas cajas se distribuyan gratuita y equitativamente entre todos los estudiantes, de todos los grados.

—Jamás lo haríamos de otro modo, Madre—dice el director, inclinándose para realizar una reverencia que las mismas monjas encuentran inapropiada.

—Amén—dicen todas con evidente incomodidad.

Lucía y Maceta se alejan corriendo.

♣

¡Ah! ¡Nada como el reperpero que se arma cuando un maestro se ausenta del aula!

Es como si el mismo demonio se nos metiera en el cuerpo y nos quisiera matar a cosquillas. Sobre todo cuando el maestro que se ausenta es un disciplinario cerril como Reyna.

La chufeta, la puesta en escena, el baile, la declamación tonante de las más selectas malas palabras, el exhibicionismo, se convierten en una carrera contrarreloj, en el juego de la papa caliente, en una ronda de sillitas musicales, pues nadie sabe en qué momento entrará otra vez el maestro y a quién mangará y haciendo qué.

Para suerte de todos, el maestro llega cargando una pesada caja que le obstruye su visión y los pupilos tienen el tiempo suficiente para sentarse deprisa y hacer silencio.

Reyna pone la caja sobre su podrido escritorio y se prepara para hablarle a los alumnos.

—Como todos saben—dice, pronunciando todas las eses—, he dedicado mi vida al magisterio. Es mi vocación, el llamado que me hizo la vida, la cual he entregado completamente a ustedes, mis queridos estudiantes. Como una muestra más de mi sacrificio y el apoyo financiero desinteresado de Molina, ese incansable paladín de la justicia y líder empresarial de nuestra comunidad, les traigo libros…

Lucía y Maceta se miran.

—Libros de todas las formas y tamaños…

Reyna abre la caja y saca un libro, triunfal.

—Escritos… en una lengua que no es la nuestra, pero llenos de ilustraciones y dibujos y lindos colores… ¡Y son para ustedes! Suyos… por un módico precio. Vengan, vengan todos, acérquense, hijos míos, échenles un vistazo, elijan los que quieran…

Los niños se empiezan a parar de sus asientos y a aglomerarse alrededor de la caja de libros. Maceta y Lucía se incorporan a los curiosos. Sacan algunos y los comparten.

—Con cuidadito, ¡eh!… No se me pasen de listos que los estoy vigilando. Seleccionen los que quieran y vengan a hablar conmigo para ver qué precio acordamos.

Lucía elige un tomo ilustrado de los hermanos Grimm y lo empieza a ojear mientras camina hacia su asiento. Maceta mira los libros que los otros niños eligen, pero no toma ninguno para sí. Un niño, tratando de sacar un pesado álbum de la caja, deja caer varios libros al piso.

—¡Cuidado!—grita Reyna—. ¡Tengan cuidado! ¿No les dije tuvieran cuidado? Hay suficientes para todos.

Otros niños levantan los libros caídos, excepto uno. Ese llama la atención de Maceta. Se titula *Gaelic Mythology and Folklore*. Maceta lo recoge.

☘

Pocas son las personas que pueden decir que un libro les cambió la vida. La mayoría de la gente que lo dice sólo desea establecer que el libro es muy muy bueno y recurren a esa trillada hipérbole.

El libro que recogió Maceta, *Gaelic Mythology and Folklore*, no era particularmente bueno, pero de que le cambió la vida, se la cambió.

❧

De pie, solo, Maceta abre el libro. No entiende ni una sola palabra, por supuesto, pero su rostro va gradualmente pasando de la confusión al desconcierto... al asombro más absoluto. Como un eco, a lo lejos, se va escuchando gradualmente la voz de Reyna trayéndolo de vuelta a la realidad.

—Maceta... Maceta... ¡Maceta!

Sobresaltado, Maceta despega los ojos del libro y mira a su maestro.

¿Cuánto tiempo ha pasado? Difícil saberlo a ciencia cierta, pero los demás ya están sentados en sus pupitres, mientras que Maceta está solo, parado frente a la clase, el libro en las manos.

Todos se ríen. Reyna le quita el libro.

—¿Este es el que quieres?—pregunta el maestro, evaluando el libro. Más bien, tasándolo—. Son cinco cheles.

Maceta vuelve los ojos hacia el curso, buscando a Lucía, que está sentada con el libro de los hermanos Grimm que acaba de comprar, y le devuelve una mirada expectante.

—No tengo dinero, profe—confiesa Maceta. Reyna pone el libro de vuelta en la caja.

—Pues entonces ruégale a Dios que el libro todavía esté aquí cuando lo consigas.

🍀

Suena el timbre y el primero en salir corriendo del aula es Maceta. Lucía lo sigue de cerca, pero de pronto se detiene.

—¡Maceta! ¡Maceta!—lo llama, intrigada, pero Maceta ha desaparecido. Molesta, Lucía regresa al aula.

Reyna recoge su escritorio y se alista para marcharse.

—Profesor Reyna…

—¿Sí, Lucía?—dice Reyna sin mirarla.

—¿Puedo… puedo cambiar mi libro?

—¿Ya no te gusta el tuyo y ahora quieres otro?

—Yo quiero el que tenía Maceta.

Fastidiado, Reyna la mira, considera su oferta y busca el libro en la caja. Toma el libro de ella y evalúa ambos.

—Cinco cheles más—sentencia.

Lucía se lo piensa, un tanto decepcionada. Luego de una breve pausa, saca una monedita de su bolsillo y paga. Reyna le da el libro de Maceta y se queda con el de los hermanos Grimm.

🍀

Una boba es una boba es una boba.

Y una boba enamorada es peor.

✿

Lucía acecha a Maceta, que a su vez acecha al conserje del colegio sentado en un murito cerca del ranchón de las herramientas. Cuando el conserje llega y entra al almacén, Maceta lo aborda, luego de unos instantes el conserje le entrega una pequeña pala. Lucía nota, por sus gestos, que el conserje le está advirtiendo que se la cuide y devuelva.

Maceta se aleja corriendo feliz.

✿

Sin buscarla a ella primero.

Te rompe el corazón más minuciosamente quien más minuciosamente te conoce.

✿

Lucía camina hacia un banco aislado en el patio y se sienta. Calmada y concienzudamente hojea las páginas del libro. En ellas encuentra coloridas ilustraciones acompañadas de textos ralos en un idioma que no logra entender. Ve un druida, una mandala, un guerrero con la cara pintada…

✿

Maceta, llevando su mochila, lonchera, y pala, se toma el camino habitual de vuelta a casa: avanza en dirección opuesta a la que tomó para venir, cruza un pequeño y sucio arroyo, sube por el barranco y toma el camino privado que bordea la malla ciclónica del campo de golf.

Corre hacia el tronco caído, pone todo, se sienta y espera.

♣

Lucía pasa una página y se detiene, mirando el libro con una expresión de perplejidad.

La página muestra un arcoíris. La siguiente secuencia de imágenes muestra a un niño corriendo hacia el lugar donde el arcoíris termina y toca el suelo; el niño agachándose y cavando con una pala; el niño desenterrando un caldero repleto de monedas de oro.

En la última viñeta vemos a un hombrecito, enano, peludo, y barbudo—fiero y simiesco y vestido con ropas que no le quedan bien, un loco no muy distinto del que merodea por las calles de su barrio murmullando constantemente sobre una guerra y unos soldados y un operativo especial y una mujer—con una expresión de ira en el rostro, molesto porque el niño le ha robado su tesoro.

♣

Lucía no tiene manera de saberlo en ese momento, pero ese hombrecito barbudo que tiene delante es un *leprechaun*, palabra derivada del irlandés medio *luchrupán*, que a su vez surge del irlandés antiguo *luchorpán*, y que significa "enano", ni más ni menos. Los leprechauns son un tipo de hada, y como tales, pertenecen a la pequeña nobleza, esos caprichosos seres que viven en los dobleces de la realidad, que conceden deseos (a su manera, claro está), que acumulan baratijas (de oro y piedras preciosas, por supuesto) y que recibieron el mágico nombre de *Tuatha Dé Danann* en la Irlanda gaélica.

♣

Me pregunto si seres de tan lejanas latitudes aguantan el calorón que hace aquí.

♣

Lucía frunce el ceño, tratando de entender. Una sombra la oscurece en este punto y Lucía alza la vista. Es la madre superiora, que la mira sonriente. Tras una pausa, la monja extiende su largo y huesudo índice y lo deposita sobre el arcoíris pintado en las páginas del libro. Lucía observa el dedo y luego a la monja, que lentamente dice:

—Rainbow… Rain. Bow. *Rainbow.*

Lucía no le quita los ojos de encima al tiempo que repite:

—Reinbou.

—That's right! —exclama la madre superiora, satisfecha— Good job!

La madre superiora se va, su hábito ondeando en la brisa. Lucía queda sola, mirando el libro.

❦

Los aspersores del campo de golf se activan. Un hermoso arcoíris aparece. Maceta se pone de pie, tira la pala por encima de la verja y a continuación la escala, con esfuerzo, hasta llegar al otro lado. Corre hacia el arcoíris, pero el arcoíris se aleja a la misma velocidad, de modo que Maceta nunca lo alcanza…

—¿Qué rayos?…

Maceta razona que el arcoíris es una criatura arisca y que no puede acercársele tan bruscamente.

Lentamente, pues.

Paso a paso, Maceta logra alcanzar el lugar donde el arcoíris toca tierra, empapándose del agua de los aspersores y los siete colores primarios.

Se pone a cavar.

Al cabo de un buen rato, Maceta retira con las manos un último puñado de tierra y asoma la cara al agujero, medianamente profundo, que ha hecho en el césped. Contempla en silencio su hallazgo, haciendo un esfuerzo por descifrarlo. Se inclina para recogerlo.

1965

Dᴇʟ ᴀɢᴜᴊᴇʀᴏ ᴍᴇᴅɪᴀɴᴀᴍᴇɴᴛᴇ profundo emerge Puro. Inma lo ayuda a salir, y vuelve a colocar las tablas que ocultan el falso fondo en el que esconde sus mercancías ilegales, y pone encima de las tablas su mesita de palo.

Puro se sienta en el piso, mira a las gemelas, les sonríe afable. A continuación mira a Inma, de pie frente a él, los brazos en jarras. Inma lo contempla con resignación. Desvía los ojos tras una pausa y camina hacia el anafe.

—¿Quieres café?

Puro asiente con la cabeza. Inma empieza a trastear en el anafe, mientras Puro se acerca a la lámpara de trementina. En la desvencijada mesita de palo hay un libro abierto.

—¿Qué lees?—inquiere el fugitivo y justo cuando va a averiguarlo por sí mismo, Inma lo alcanza primero, lo cierra y se lo lleva.

—La Biblia—dice Inma y pone el libro en un estante alto. Le pasa un cacharro de café a Puro. Ella también se ha servido uno. Se sientan uno delante del otro en silencio.

—Te tienes que ir—sentencia Inma tras dos o tres sorbos. Puro, tomado de imprevisto por la orden, se pone de pie para marcharse. Inma lo detiene.

—¡Ahora no, estúpido!—dice—. Están ahí fuera…

Puro vuelve a sentarse. Quedan nuevamente en silencio. Puro mira a su alrededor, estudiando las circunstancias de Inma.

—No sabía que estabas viviendo aquí—dice y de inmediato se arrepiente.

—¿Aquí? ¿O así?—le espeta Inma, y Puro comprende que su arrepentimiento fue premonitorio. Inma se encoge de hombros.

—¿Qué pasó con la casa?—insiste Puro en cavar su propia tumba.

—¿La casa? La guerrita esta de ustedes le pasó a la casa. *¿Por qué mejor no me callo?*, piensa Puro.

—La perdimos cuando mataron a papi—explica Inma, conmiserándose de la torpeza del revolucionario. Pero la pena que le tiene se esfuma una vez pronunciadas esas palabras. Mira fijamente a Puro y levanta su taza en brindis.

—Por la causa.

—Nadie me dijo—dice Puro, consternado.

Inma se pone de pie al instante.

—Qué pena—dice—. Una oportunidad menos para jugar al héroe. Hubieras venido al rescate cuanto antes, me imagino.

Inma se acerca al anafe y tira lo que le queda en el cacharro los rescoldos. Friega el recipiente con agua de una cubeta.

—Cuando termines, enjuaga eso y acuéstate.

Inma apaga la lámpara de trementina. Se acomoda en

el suelo, junto a sus hermanas, pero antes de tenderse, se reclina sobre un codo.

—En este mundo—sermonea Inma—todos a la postre hacen lo que tienen que hacer para sobrevivir. Eso es lo que hago yo. Eso es lo que estas dos van a hacer también. Deja de soñar… Quítate de la cabeza la idea de que tú puedes arreglarle la vida a la gente. No puedes. Ni hoy, ni nunca.

Inma se acurruca en el suelo. Puro queda en la oscuridad, cacharro en mano. Bebe pequeños sorbos. Cruza las piernas.

Inma se acuesta.

—Tu bienvenida vence a primera hora—anuncia.

1976

Maceta está camino a casa; en sus manos lleva una vieja cadena de bicicleta.

En su catálogo ha escrito:

Factores encadenados. *Ninguno es el primero y ninguno es el último. Si el orden no altera el producto, entonces el orden no existe. El producto es una especie de collar sin cierres.*

En la vereda encuentra a don Chago, acuclillado con Jacinto delante de su triciclo.

—Es muy corta Chago —concluye Jacinto—. Hay que buscar la que es. O, para que esta le sirva, cortamos o limamos estos tubos y los soldamos para acercar la estrella… Así te queda como de fábrica.

Chago lo mira con cara de que no puede creer lo que oye.

—Eso va tardar demasiado, Jacinto —se lamenta Chago—, y ya perdí un día de trabajo entero buscando un repuesto.

—Buenas tardes don Chago. Buenas tardes don Jacinto.

—Buenas tardes, Maceta—dicen los hombres a coro. Chago nota la cadena que lleva Maceta.

—Maceta, mijo, ¿de dónde tú sacaste esa cadena?

—La desenterré. En el campo del arcoíris…

Chago y Jacinto se miran con una expresión de perplejidad. Conocen a Maceta desde que era un bebé, pero todavía les cuesta acostumbrarse a las cosas con las que sale.

—Anjá…—dice Chago.

—Pero no es una cadena. Son… Bueno. Se los regalo, si los quiere—dice Maceta y le entrega la cadena a Chago—. Ya la anoté en mi diario, así que… es suya.

—Gracias, Maceta.

—De nada, don Chago.

Maceta prosigue su camino. Jacinto prueba la cadena. Calza perfectamente.

—El diablo…—dice—. Tiene la medida justa, Chago. Acabamos aquí. Solo le hace falta una grasita y te fuiste a rodar.

Chago luce anonadado. Mira a Maceta, que se aleja alegremente hacia su casa. Vuelve a observar la cadena.

—¿Cómo así?…

Clarisa y Melisa se arreglan para la noche. Una seca el pelo de la otra, que se maquilla frente a un pedazo de espejo roto. Luego intercambiarán lugares.

—¡Hola, Maceta!—dicen con una sola voz.

—Hola.

—Tu mamá está adentro—dice Clarisa—, ve a saludarla.

Maceta entra a su chabola. Inma está dentro con Raúl, alimentando a la bebé, en total silencio. Parecería que acaban de terminar una de sus discusiones. Raúl mira a Maceta con disgusto.

—Hola, mami.

—Hola mijo, ven a darme un beso.

Maceta deja su mochila en el piso y besa a su mamá.

—Tengo un chin de hambre—le dice en voz baja, pero Raúl lo oye.

—¿Anjá? Po, a lo mejor podemos cocinar ese uniformito tuyo...—dice.

Maceta e Inma miran a Raúl: Maceta sorprendido, Inma molesta.

—¿Qué usted cree, doctor Maceta? ¿Está de ánimo para una sopita de libros? ¿Un sanguchito de lápices?

♣

¿Y este tíguere? ¿No verdad?

Paciencia, que a ese lechón ya casi le llega su Navidad.

♣

Maceta, alma de Dios, encuentra gracioso el amargo sarcasmo y se ríe. Raúl se pone de pie, amenazante y lo derriba al suelo de una bofetada. Inma grita y, con la bebé en sus brazos, se interpone desafiante entre Maceta y Raúl, cuya intención es seguir castigando a su hijastro.

Chago, de pie en el dintel, tose para anunciar su presencia; trae consigo sendas bolsas en las manos.

—Saludos, con permiso… ¿se puede?

—Claro, Chago… adelante—dice Inma sin dejar de mirar a Raúl.

—Gracias, Inma, ¿cómo anda todo?

Inma asiente con la cabeza sin decir nada.

—¿Y la beba? ¿Bien?

—Sana y más grande todos los días.

Chago mira a Raúl, a quien ha ignorado hasta ahora.

—Raúl.

Raúl no responde, pero Chago no esperaba respuesta, al fin y al cabo, y devuelve su atención a Inma.

—Nada… aquí hay unas yautías, están muy buenas, también…

—Chago, eso no es necesario.

—Déjame terminar…

—No las quiero, Chago—dice Inma, ofendida—. A vivir de la caridad del prójimo no hemos llegado todavía. Gracias.

—Estoy seguro que no—explica Chago—, pero no son para ti.

Inma luce confundida.

—Son para mi socio, Maceta, que hoy se convirtió… en inversionista de mi negocio.

Chago mira a Maceta y le guiña un ojo. Inma también lo mira, sin entender.

—Y los socios se meten la mano cuando hace falta.

Chago deja las bolsas en el suelo, junto a la entrada.

—Voy a dejarlas aquí y le digo a las muchachas que prendan el fogón. Están buenas esas yautías, puro almidón…

Chago está a punto de irse, pero se detiene en la puerta.

—Voy a pasar todas las tardes a traerle lo que no venda en el día—le dice Chago a Maceta—, ¿Le parece, socio?

Maceta asiente.

—¡Buena suerte mañana en el colegio!

Chago sale. Inma le sonríe a Maceta, quien le devuelve la sonrisa, y procede entonces a mirar a Raúl con una expresión de invencible altanería. Raúl sale de la casa estrallando cosas.

Inma atrae a Maceta hacia sí y lo abraza.

♣

El segundo tesoro que el arcoíris le revela a Maceta en el campo de golf es una bola de billar número ocho.

Una bola número ocho… particular.

Es mucho más grande de lo normal y está llena de líquido. No es completamente esférica, sino que tiene un lado chato que le sirve de base, en el cual también hay una ventanita transparente. Cada vez que Maceta voltea la base hacia arriba, un poliedro flota a través del líquido—que se revela azul—y topa contra la ventanita. Las caras del poliedro presentan un mensaje diferente cada vez.

♣

Maceta pasa por donde Simón y Tomás.

—Simón, mijo, dale banda. Nadie quiere ese chicle. Vamos a quedarnos con la otra marca.

—Papá, le estoy diciendo. Este es el que están pidiendo. Los otros colmados ya lo tienen en inventario. Somos los únicos del barrio que no lo tenemos.

—¿Qué es lo que dice ahí? ¿"Duble Buble"?

—Double Bubble—dice Simón con casi perfecta pronunciación, que no por nada tiene una novia en Nueva York.

—Ya tú ves, una vaina que ni se puede pronunciar.

—¿Y hay que pronunciarla bien para que sepamos lo que nos están pidiendo? ¿Qué importa eso? Así mismo como tú lo dijiste es que los muchachos la piden en los demás colmados, y el colmadero no se vuelve un disparate dique que no sabe lo que le están pidiendo.

—Saludos don Tomás y Simón—dice Maceta y se agacha a amarrarse los zapatos delante de los debatientes.

—Saludos, Maceta—dicen padre e hijo.

—Simón—dice Tomás, dispuesto a quedarse con la última palabra—, vamos a ponértelo más fácil. La gruesa de ese chicle me cuesta tres pesos más, así que hay que venderlo más caro. ¿Me van a comprar un chicle más caro solo porque está de moda entre la muchachería?

De la mochila de Maceta, mal colocada, rueda hasta los pies de Tomás la bola ocho. Tomás la levanta y, junto a Simón, la examina. Contra la ventanita transparente aparece la siguiente respuesta: Todo apunta a que sí.

Simón abre los ojos y da un salto.

—¡Ja!—exclama triunfal—. ¡Mírelo ahí!

Maceta se incorpora y observa al dúo. Tomás agita la bola.

—Si no vendo ese chicle—especifica el colmadero—, ¿se me irá adelante la competencia?

Al consultar la ventanita emerge de la azulosa agua este consejo: Debes confiar en ello.

Simón le quita la bola ocho a su padre, la agita, y pregunta:

—¿Tengo siempre la razón o qué?

La respuesta: No cuentes con ello.

Le toca ahora a Tomás reír exultante.

—Ah…—dice Maceta alzando el mentón ante la luz del entendimiento—¡Para eso sirve!

Tomás y Simón le devuelven la bola ocho a Maceta, pero Maceta no la acepta.

—Yo creo que ustedes pueden darle mejor uso—les dice.

Minutos después, sentado en un alto taburete delante del mostrador del colmado, atarugado del bizcocho y la malta Morena que le han brindado don Tomás y Simón, Maceta escribe en su diario:

Árbitro portátil. *Misterioso objeto que responde preguntas importantes y ofrece mediación instantánea para cualquier discusión. El secreto está en el agua de color azul, sin duda alguna un misterioso ente líquido con maravillosas facultades.*

$

Al día siguiente, Maceta llega a su calle con un aro de baloncesto.

Maceta en su vida ha visto una cancha, mucho menos un aro como el que lleva, de manera que no tiene ni la menor idea de lo que significa.

Tampoco lo saben los muchos hijos de Jacinto y Eneida, que se corretean entre sí, se empujan, pelean, lloran, se aburren, les hacen la vida imposible a sus padres, son regañados, castigados y zurrados por estos, para luego recomenzar todo el ciclo nueva vez.

Pero Jacinto puede reconocer un aro y sabe para qué sirve.

—Maceta—llama Jacinto—, ven acá.

Maceta obedece.

—¿Y eso?

—Es el tesoro de hoy.

—Anjá…

—Es un círculo de acero—dice Maceta, mostrándole el aro a Jacinto—. Pero, por supuesto, no puede ser solo un círculo de acero. Debe ser otra cosa y no la estoy reconociendo.

—Maceta—le explica Jacinto quitándole el aro de las manos—, esto es… A ver.

Jacinto le indica a Maceta que lo siga.

En casa de Chago aparecen cuatro clavos y en el taller Lidio les presta un martillo. Un vecino que le lee la intención a Jacinto le vocea que sin tablero ese aro si quiere puede tirarlo al zafacón, lo cual otro vecino escucha, para prontamente suministrar una lámina gruesa de plywood que tenía por ahí tirada. De otra parte aparece una lata de pintura negra, y Lidio le grita a Maceta que vaya a llevarse una brocha.

Olivero, Jacintico, Juan Matías, Garibaldi y William

Sócrates, que se llevan exactamente un año el uno al próximo, han dejado de fastidiar a su madre y se unen al grupo de hombres que se ha congregado alrededor de Jacinto, que pinta un cuadrado negro en el borde inferior del panel de plywood. Alguien trae más clavos, alambre dulce, otro martillo. Aparece una escalera.

Luego de mucho discutir sobre la altura reglamentaria, luego de mucho martillar y reforzar con alambre, Jacinto, sus hijos, Maceta, y los demás hombres de la calle que ayudaron en la faena, contemplan el canasto de baloncesto que han fijado en un recio poste de luz.

Alguien—lo más seguro el mismo que anteriormente voceó que echaran el aro al zafacón; en todo vecindario siempre hay uno así—grita sin ser visto que qué lindo les quedó el canasto, y que a lo mejor si se le quedan viendo mucho rato pare una bola. Pero desde el colmado Simón rebota hacia el grupo la vieja Spalding que acaba inflar y que le regaló Yolanda, su novia, el año pasado cuando vino de visita en Semana Santa.

Olivero, el hijo mayor de Jacinto y Eneida, intercepta la bola sin problemas.

En su vida había dribleado, pero eso exactamente lo que hace ahora, antes de pasársela a Jacintico que hace lo mismo y se la pasa a Juan Matías, que hace lo mismo y se la pasa a Garibaldi, que añade un cruce de piernas y se la pasa a William Sócrates, que sin darle mucha cabeza al impulso que siente al tener la bola entre las manos, la lanza al canasto y encesta de tablón.

El resto es historia.

El año pasado Olivero fue incorporado al Salón de la Fama y nos mandó esa foto tan chula que tienen ustedes en la habitación. Jacintico, por culpa de una lesión en la rodilla, se retiró en noviembre, pero está feliz: hace tiempo que quería pasar más tiempo con su familia. Juan Matías y Garibaldi siguen los dos con los Bulls de Chicago, y William Sócrates acaba de firmar con los Lakers.

※

Ríanse del próximo que describa un libro diciendo que le cambió la vida.

※

Muchos fueron los tesoros que descubrió Maceta en las semanas siguientes, y todos tuvieron la virtud de transformarle el día a alguien. Muchos de los beneficiados por sus obsequios solo necesitaban eso: el empujón de un solo día, que les yompearan la batería esa vez, que alguien les aplicara la chispa adecuada. De cuidar el fuego, de seguir alimentando las llamas, de avivar el rescoldo, de eso ya se encargarían ellos.

Y según va cambiando el panorama personal de sus habitantes, así va también cambiando el del barrio.

❧

Los regalos de Maceta, demás está decir, eran puras porquerías. Por lo menos ante el ojo inexperto. Y porquerías
posiblemente eran, cierto es, pero porquerías milagrosamente
oportunas. Pero una porquería oportuna es un oxímoron.
Una porquería oportuna deja de ser una porquería y se convierte en otra cosa. Se convierte en lo que Maceta siempre
ha insistido que es: un tesoro.

❧

Los tesoros de Maceta eran variadísimos. Maceta nunca
se conformaba con las explicaciones convencionales y los
nombres que la conformidad les otorgaba, sino que esperaba
a recabar datos suficientes que le permitieran penetrar la
esencia de los tesoros que el arcoíris le revelaba, sin falta,
en el campo de golf. A veces le bastaba con una observación
detenida del objeto y su funcionamiento. Otras veces debía
esperar a examinar los efectos del objeto sobre una o más
personas, o estudiar el uso que alguien les daba. Porque
Maceta estaba exclusivamente interesado en el espíritu de
la cosa, no en la cosa misma.

A primera vista, por ejemplo, el disco de vinilo que recibe
de las entrañas de la tierra es claramente un viejo LP de Benny
Moré, perfectamente conservado dentro su carátula. Pero de
ninguna manera Maceta profanaría su libreta escribiendo

LP. No es sino hasta que observa el uso que le da don Jorge Aníbal y su pandilla de viejitos y viejitas, y el efecto que tiene sobre ellos, que abre su diario y registra:

Felicidad giratoria. *Círculo negro que contiene felicidad y recuerdos. Para liberarlos hay que ponerlo a dar vueltas en una máquina especial.*

De la misma manera, la flauta que le piden los tapiceros árabes al final de la calle, y que, tocada con pericia por el viejo patriarca, convierte a los taciturnos extranjeros en alegres danzarines que baten las palmas, es menos una flauta, y más bien una *Fiesta concentrada*. "Solo añada aire", se limita a establecer en su inventario.

El comedero para pájaros que le regaló a Mercedes, la muchacha que cose, es un *Multiplicador de pajaritos*; la figurita de San Cristóbal que le pidió Alberto, el conductor de concho, es un *Campo de fuerza para automóviles*; la antena que Lidio utilizó para reparar su radio de transistores, previa explicación de su funcionamiento, es una *Percha para voces...*

Y así por el estilo.

Los tesoros de Maceta también poseían un efecto residual.

Me explico.

La *felicidad giratoria* de don Jorge Aníbal llamó a otras, rescatadas por otros vecinos, o adquiridas en otras partes de la ciudad, de modo que la colección de los viejitos creció. Y no solo la colección; el número de los congregados en casa de don Jorge Aníbal aumentó también. Hubo que establecer un horario. Luego, reglamentos. Más tarde se impusieron cuotas de membresía, porque el junte devino club. Con el dinero de las cuotas se compraron nuevos equipos de música y más discos, y alquilaron salones de eventos para celebrar fiestas. Muchos fueron los viudos solitarios y viudas abandonadas que se conocieron durante estas veladas y no volvieron a separarse.

Uno de los agraciados que consiguió novia en la tercera edad fue don Goyo, el arisco horticultor. Mudó a su casa a una señora de Higüey con la que bailó un son, casi sin querer, en la marquesina de don Jorge Aníbal. En lo adelante, como bien dejó dicho en la iglesia y en los colmados del área, vecino que llevara un tarro vacío a su casa, lata, tiesto, maceta, cubo o cambumbo, vecino que podía llevarse algún hijito de petrea, tumbergia, mantequilla, cruz de Malta, cayena, trinitaria, campana, cola de camarón y rompecamisa. En poco tiempo, el barrio se llenó de color.

La felicidad da ganas de regalar. Y de sembrar.

Y de volar.

Visitar la casa de Mercedes para llevarle trabajos de costura, por ejemplo, se transformó en una experiencia agradable, pues el cliente se veía rodeado de inmediato por rolitas, reinitas, ruiseñores, pitirres y cigüitas palmeras. Cuando Mercedes vio que el alimento no era suficiente para satisfacer a todos sus alados visitantes y que los pitirres abusaban de las pacíficas rolitas, y los ruiseñores espantaban a las reinitas,

Mercedes se hizo construir dos comederos más. El aire que rodeaba su chabola ahora zumbaba con aleteos y canciones, y se sumaron a los visitantes regulares un nutrido número de barrancolíes, maroítas, madamsagás, zorzales, chirrís, pitanguás, y chinchilines.

En las tardes, cuando el alboroto amainaba, se acercaba un tímido Julián Chiví y anunciaba la hora con su tonada.

Pronto Mercedes no dio abasto para el volumen de trabajo y hubo de contratar ayuda. Más tarde abandonó el barrio y compró un local en una concurrida plaza comercial.

❧

Y así por el estilo.

❧

Un día Maceta llega a la casa con un espejo.

Es un espejo fuera de lo común. No es de vidrio, sino de metal, y posee un marco también metálico profusamente ornamentado.

Podría ser una bandeja… pero la forma es cuadrada y no tiene agarraderas.

Es un espejo.

Es un espejo para el resto de los mortales, Maceta todavía no sabe que escribirá en su diario.

La clientela del "salón" de belleza de sus tías, improvisado a la intemperie, ha aumentado, en parte porque las señoras y muchachas que llevan sus trabajos de costura a Mercedes aprovechan para lavarse y secarse antes de seguir para sus casas.

Maceta saluda a sus tías, que lo besan y lo miman como siempre. Cuando logra desprenderse, camina hacia el tamarindo, descuelga el viejo espejo roto y cuelga el que acaba de encontrar.

—¡Oh, Maceta!—exclama Clarisa—. ¿Y eso?

Melisa se acerca.

—¡Gracias!—dice Melisa, acercándose. El espejo está turbio, polvoriento.

—Espera—dice Clarisa—. Vamos a pasarle un trapo.

Clarisa sostiene el espejo mientras Melisa lo bruñe con un pedazo de bayeta húmeda.

Y poco a poco el reflejo de las gemelas emerge en la superficie metálica.

Clarisa y Melisa parecen como hipnotizadas, prendadas, absortas en lo que ven. Tan acostumbradas estaban a verse a sí mismas fragmentadas por el viejo espejo cuarteado que ahora que pueden verse tal y como son, experimentan la sensación de estar viendo a dos desconocidas…

Dos desconocidas de una hermosura indecible, de una altivez cautivante, de una insolencia avasalladora, de una actitud inquebrantable, de una temeridad altamente peligrosa.

El reflejo despierta en ellas gratos recuerdos. Se miran la una a la otra. Es una larga mirada de entendimiento, de decisión. No tienen que decirse una sola palabra; todo ha sido dicho.

—Yocelyn—llama Clarisa—, ven a secarte.

Yocelyn acude al llamado y se sienta delante del espejo.

—Sobeida—llama Melisa—, ven a lavarte.

Sobeida obedece.

Y siguen llegando mujeres.

❧

Maceta escribe en su diario:

Espejito espejito. *Superficie lisa que devuelve un reflejo sin interferencias o ruido, mostrando a quien lo usa la mejor versión posible de quien es.*

❧

El último arcoíris que persigue Maceta es el más huraño de todos. Corre tras él por casi todo el campo, pero el arcoíris siempre retrocede. Cuando viene a darse cuenta está lejísimo; ha perdido de vista la malla ciclónica y se acerca al extremo opuesto del campo de golf.

Solo entonces el arcoíris frena y Maceta puede verlo tocar tierra del otro lado de la verja, en una maraña de maleza y arbustos. Duda por un instante, pero finalmente decide pasar al otro lado a investigar. Escala la malla ciclónica (ya es un experto), se inserta en la densa vegetación y con dificultad avanza entre la maleza hasta llegar a un claro.

En el claro hay una pequeña choza construida con retazos

de madera, cartón y planchas de zinc. Detrás hay un pequeño cerro boscoso por el que se derrama una avalancha de basura. El arcoíris termina justo encima de la choza.

Una piedra cae cerca de Maceta. Sorprendido, Maceta mira a su alrededor y descubre al Loco Abril, parado como un espectro entre los árboles, mirándolo con su mirada vacía, tieso como un muerto.

Tieso hasta que rápida y ágilmente se agacha, agarra otra piedra y la tira. La piedra cae muy cerca de los pies del niño, que aun así permanece en su sitio.

Piensa Maceta que el Loco Abril no está tan lejos y que, aunque loco, no es verdad que tenga tan mala puntería. Si quisiera meterle una buena pedrada ya lo habría hecho; apedrear transeúntes que lo molestan es lo que mejor hace el Loco Abril.

Conclusión: el Loco Abril no quiere darle, sino advertirle.

Se quedan así por un buen rato, observándose mutuamente. Maceta es el primero en retroceder. Otra vez escala la malla ciclónica y desanda lo andado.

El Loco Abril ingresa en su choza.

1965

A Oviedo le dieron hasta dentro del pelo, para usar esa famosa frase de Inma, heredada de su padre, Pancho Carmona, que también solía decir, le dieron hasta en el cielo de la boca, cuando quería dejar claro que a alguien lo habían sonado minuciosamente, detalladamente, y por mucho tiempo.

A Oviedo lo prendieron, como venía diciendo, en un viejo almacén abandonado, mientras colgaba de cuerdas amarradas a sus muñecas. Sus pies apenas tocaban el suelo, lo cual infundía en Oviedo la ilusión de poder ponerse de pie. Así pues, el prisionero buscaba continuamente apoyarse sin conseguirlo, lastimándose las manos, descoyuntándose él solito los hombros, y extendiendo involuntariamente el plexo solar, situación que coloca al reo en una posición vulnerable que facilita la aplicación efectiva de azotes, palos, correazos, puñetazos, patadas, y demás impactos corporales.

§

La luz de una alta lámpara ilumina el lugar.

El rostro de Oviedo es un solo magullón sangriento, y en ese magullón sangriento recibe otro puñetazo, más o menos en el área donde se supone que esté la nariz.

El prisionero está rodeado de soldados, pero no Marines; estos son soldados del patio, miembros de las gloriosas Fuerzas Armadas Dominicanas. Quien lo golpea es el sargento Subero, que utiliza la ocasión para educar a sus muchachos.

—Cuando ya el sujeto está como ustedes ven—pontifica—, no le den tan duro como al principio, para que no vaya a desmayarse. El objetivo ahora es lastimar los golpes que ya tiene, y para eso no hace falta dar tan duro. Además, tampoco es bueno fatigarse. Observen: ¿ven la nariz? Completamente fracturada. Este va a tener la nariz torcida por el resto de su vida. Creo que también tiene fracturado este pómulo, ¿ven? Y eso duele más que el diablo. Los ojos están hechos mierda, este no ve tres carajos más allá de sus propias pestañas… Quizá perdió este ojo, no sé. Se verá cuando se le baje la hinchazón. ¿Ven esta oreja? Esto se llama oreja de coliflor. Permanente también. No va a quedarse sordo, pero por esta oreja no es que va él a escuchar lo que le digan en voz baja. Cuando la orden es interrogar, traten siempre de no romper ninguna extremidad; necesitamos que el preso pueda caminar, o firmar algún testimonio, o llevarnos a algún lugar. Dejar inválido al preso significa más trabajo para nosotros. Cuando la orden es castigar antes de matar, rompan a gusto, que lo último es un tiro en la nuca y una fosa en el monte. En el caso que nos ocupa… pues no tenemos claro exactamente si estamos interrogando o castigando, pero ya ustedes saben que las cosas de los Yankees son misteriosas. Por ahora, este infeliz no puede morírsenos.

César Antonio Subero Rodríguez alcanzó el rango de sargento primera clase y fue descargado con honores cuatro años después del enfrentamiento con los insurrectos constitucionalistas. Nunca, empero, dejó de percibir su sueldo grado E7, y aún hoy día, sacerdote de la iglesia católica, párroco de un sector acomodado de la capital, y director espiritual del colegio adjunto, recibe y cobra su emolumento.

$$\text{\textreferencemark}$$

Una figura femenina observa desde la sombra, recostada de la pared, fumando un cigarrillo. En un lateral hay un barril con agua, una mesa, y un generador eléctrico pequeño.

Esto es para después.

Subero vuelve a golpear a Oviedo, ahora en el estómago, tres, cuatro, cinco puñetazos recios. Subero jadea mientras camina alrededor de Oviedo, se detiene frente a él. Se agacha y estudia de cerca el rostro de Oviedo. Se da la vuelta e interpela a su audiencia con un susurro.

—Y no olviden siempre, siempre, siempre combinar el castigo físico con la intimidación psicológica y el abuso mental.

Subero extiende su brazo y un soldado le pone un mazo en la mano. Acto seguido, le sonríe a Oviedo mientras le pone el mazo debajo de la nariz para que Oviedo lo huela.

—Déjenle claro al preso—dice, otra vez en un susurro, para que Oviedo no lo oiga—, que lo peor siempre está por venir.

Subero vuelve a enfrentar a Oviedo, que ha escuchado perfectamente la lección del sargento. Levanta su rostro lentamente, mira a Subero a los ojos… y le escupe en la cara un bolo de saliva y sangre.

Subero cierra los ojos asqueado, se limpia con la manga de la camisa, y comienza el arco de un swing para golpear con el mazo a Oviedo y reventarle la cabeza.

Una voz de mujer retumba en el almacén vacío.

—¡Alto!

El sargento Subero se detiene.

—Déjennos solos—resuena con autoridad la voz con un deje de impaciencia.

Subero y el resto de los soldados obedecen como autómatas y abandonan el lugar. Oviedo queda solo.

La mayor McCollum emerge de las sombras. Tira la colilla del cigarrillo al suelo y la mata con la bota militar. Se posiciona frente a Oviedo. Una venda levemente ensangrentada le cubre el ojo derecho.

—¿Te acuerdas de mí?—dice y se señala el ojo lastimado—. Gracias por el regalito…

Oviedo traga. McCollum mira a su alrededor.

—Yo sí me acuerdo de ti.

McCollum camina alrededor de Oviedo, sin prisas. Se le coloca cerca del oído.

—Confié en ti.

Un escalofrío sacude a Oviedo.

—¿Y eso que tiene que ver?—mascula sin esperanza de ser escuchado. Pero McCollum lo escucha perfectamente y le sacude una tremenda cachetada.

Oviedo escupe un diente y se echa a reír.

—Pero—dice—, ¿para qué hiciste eso?

La mayor lo mira con rabia mal contenida.

—Eso era mucho dinero…—le aclara. Entonces la ternura se apodera de sus facciones, se le acerca a Oviedo y le acaricia el rostro deforme.

A continuación, McCollum busca en el bolsillo de su chamarra un paquete de cigarrillos, saca uno y se lo coloca en los labios a Oviedo. Busca en su otro bolsillo los fósforos.

—¿En qué carajo estabas pensando?—le dice mientras le enciende el cigarrillo—. ¿Qué diablos van a hacer ustedes con eso ahora? ¿Llevarlo a una casa de empeño? ¿Cómo lo piensan liquidar? No es tan fácil, al menos no para gente como tú. Y no aquí, en esta pocilga que ustedes llaman país.

—Yo no lo tengo…—murmura Oviedo, dejando caer el cigarrillo. McCollum suelta una carcajada.

—¿Quién, entonces? ¿Puro? No me jodas, Oviedo. Lo tienes tú. Y vas a decirme donde está.

Oviedo solo respira, con suma dificultad.

McCollum se le acerca, le levanta el rostro. De su ojo izquierdo escapa una lágrima. En la venda que le cubre el derecho crece la mancha de sangre.

—Te amé—le dice, conteniendo un sollozo.

Oviedo la mira, o por lo menos trata.

—Eso no tiene sentido—formula sin piedad.

El rostro de McCollum se enciende y endurece; la mayor le suelta la cabeza a Oviedo, que no tiene fuerzas para mantenerla erguida y la deja caer exánime sobre su pecho.

McCollum da tres pasos hacia atrás y hace un llamado a la oscuridad del almacén:

—Boys!

De las sombras emerge un grupo de cinco hombres que se acercan a la luz y rodean a Oviedo. Son blancos, dorados sus cabellos, de enormes músculos que ondulan por debajo de sus camisas, vikingos con uniforme de Marines.

—¿Ves? Esos tipos que estaban aquí hace un rato, tus compatriotas—dice McCollum encendiendo otro cigarrillo—, esos estaban jugando contigo. Lo que sea que crean, lo que sea que digan, allá muy muy muy dentro, te consideran parte del equipo. Nacido en la misma tierra, hermano compatriota y blah blah blah…

Con un gesto, McCollum le señala a los cinco tipos que lo rodean.

—Pero estos hijos de puta…—dice McCollum y se ríe—. Estos hijos de mil putas te ven y lo único que ven es a un maldito negro asqueroso.

McCollum exhala una espesa humareda.

—Así es la cosa. Además, son muuuuy buenos en lo que hacen.

McCollum le da tiempo a Oviedo de entender en qué se ha metido.

—Te cuento que estos no son como los rookies esos que estaban aquí. Estos te joden la vida, bien jodida; tanto, que terminas deseando que te la quiten… Pero… no te la quitan.

McCollum se acerca a Oviedo.

—Estos te muelen los huesos.

McCollum oprime su índice en el pecho de Oviedo.

—Estos te sacan las entrañas y se las comen frente a ti. Créeme, los he visto.

McCollum chupa del cigarrillo.

—No quiero asustarte… es solo informándote.

McCollum se guarda la cajetilla de cigarrillos en un bolsillo y los fósforos en otro. Mientras dice esto último, dos de los tipos van desplegando en la mesa una variada gama de instrumentos de tortura. El terror desfigura el rostro de Oviedo.

—Lo importante—explica McCollum—, es que te vayas sacando de la cabeza la idea de que vas a salir vivo de aquí. Te aseguro que al menos el Oviedo que ambos conocemos no lo hará. Te lo aseguro. Así que, por última vez, dime lo que quiero oír, porque si no oigo lo que quiero oír… te voy a soltar los perros.

Oviedo dirige la vista a los recién llegados. Habla en tono avergonzado.

—Puro… Puro lo tiene.

McCollum cierra los ojos, decepcionada, los abre, se empieza a alejar.

—Puro lo tiene—implora Oviedo.

Los cinco tipos se empiezan a preparar para su trabajo. El pánico se apodera de Oviedo. McCollum sigue alejándose.

—¡Puro lo tiene!—grita Oviedo desesperado.

🏵

Y así fue como los Yankees inventaron al Loco Abril.

Puro está sentado en el suelo con Clarisa y Melisa hojeando un periódico. Inma está en el quinto sueño aún.

—Ro…—lee Clarisa.

—Muy bien—la anima Puro—. Sigue. Anjá. "Ro…"

—To… Roto.

—Tú, la próxima—le dice Puro a Melisa.

—Ce… se. Aaaaa…llll…

—¡Eso!

Ambas gemelas mastican tentativamente la última palabra.

—¡Fuego!—exclaman por fin.

—Muy bien. "Roto cese al fuego." Excelente.

Inma se mueve en el sueño, se da la vuelta y les da la espalda a Puro y las niñas. Puro se lleva el índice a los labios y les propone silencio a las gemelas.

—¿Te gusta mi hermana?—pregunta Melisa en un susurro conspirativo. Clarisa se ríe por lo bajo. Puro sonríe.

—Tu hermana y yo crecimos juntos—les cuenta Puro—. Todo lo hacíamos juntos. Pero en la escuela ella sacaba muy malas notas.

Las niñas se tapan la boca para no dejar escapar la risa.

—Yo la ayudaba, pero…—dice Puro haciendo un gesto de resignación—. En el patio era otra cosa. Cuando los grandes se ponían a molestarme o a quererme quitar el dinero o a romperme los libros y los útiles, ella los agarraba y…

Puro hace ademán de darle una golpiza a alguien. Las niñas apenas pueden controlar la risa que tienen atrapada dentro de la boca.

—¿Y después?—pregunta Clarisa. Puro suspira.

Pero, Inma, que les ha dado la espalda, está despierta y escucha con mucha, mucha atención.

—Después…—prosigue Puro—. Después yo me fui a la universidad; me gradué. Tu hermana siguió ayudando a tu papá. Ella lo quería mucho… y yo también.

Inma sonríe. Tose, amaga con levantarse. Al instante Puro y las niñas se acotejan, hacen silencio, como que no han estado hablando ni haciendo nada. Inma se pone de pie, se estira.

Puro la mira con apreciación de hombre, no puede evitarlo. Si hubiera podido evitarlo, no habría historia. Aparte de que el cuerpo que para ese entonces se gastaba mamagüela no era fácil ignorarlo, ni por hombres ni por mujeres ni por el sol, el viento, la lluvia, o las piedras de los caminos. Y menos cuando lo único que llevaba puesto era una camisola toda rota que le quedaba chiquita.

Pero eso es lo de menos.

He aquí a un hombre que está huyendo por su vida.

Escondido en una casucha en la falda de un vertedero mientras allá afuera pululan soldados del ejército más poderoso de la tierra que lo buscan para matarlo… Pero basta con mirarle de reojo las nalgas a Inma, y Puro ya no sabe ni qué día de la semana es; lo inunda una sensación imposible de definir—habría que ser hombre para saber realmente de qué se trata—y la sobrevivencia del cuerpo ya no ocupa el primer lugar en la lista de prioridades de su cerebro. Y esa sensación convence a Puro de que es invencible y en vez de ponerse a calcular cómo escapará de donde está, invierte la labor de sus neuronas en imaginar cómo se sentirá agarrar esas masas que levantan la orilla de la camisola.

Los hombres son una vaina, mis hijas. Y esto es bueno y malo en igual medida.

❦

Inma se conduce como si Puro no estuviera ahí, aunque sabe perfectamente que está ahí. De espaldas a Puro, prende el anafe y pone café.

Inma es mujer y, como toda mujer, sabe exactamente cuándo le están mirando el culo y con qué grado de intensidad. Y he aquí que Inma arquea la espalda a la altura de la pelvis para levantar los glúteos un poquito más y que Puro pueda apreciar bien lo que hay.

Así como lo oyen.

Esta mujer, que alberga en su casa a un fugitivo buscado por el ejército invasor de una potencia mundial, poniendo en peligro de muerte a sus hermanitas pequeñas y a sí misma, dobla el coxis de manera innecesaria e incómoda, mientras cuela café, con el objetivo de dañarle el casco al hombre que tiene detrás, mirándola.

Las mujeres somos otra vaina, mis hijas. Las mujeres somos otra vaina.

❦

Es como si estas dos personas hubieran sido secuestradas por sus propios cuerpos y puestas a operar en piloto automático. Y a este piloto automático le importan un comino los Yankees, la patria, la muerte.

♣

—Buenos días—dice Inma.

—Buen día—dice Puro.

Inma pasa tras un bastidor para vestirse.

—¿Que hay en ese bulto?—pregunta Inma, cuya silueta Puro puede ver perfectamente.

Ante la pregunta de Inma, Puro mira su valija y es como si de pronto recordara su existencia. La hala hacia sí, la abre y mira dentro.

Su rostro se congela... una máscara de total asombro. Se empieza a reír, pero la risa es trágica, un sustituto barato del llanto. Inma sale vestida y arreglada.

—Dime.

Puro cierra la valija y piensa su respuesta.

—Paz.

Inma le dedica una mirada condescendiente y se echa a reír. Ella también mira dentro de la valija y le dice a Puro en voz baja:

—Si tú lo dices... Yo los conozco por otro nombre.

Puro sacude su cabeza resignado y sonríe. Inma camina hacia su escondite en el suelo, mueve la mesita de palo, quita los tablones que cubren el acceso, se acuesta en el piso y mete su brazo. Saca dos bolsas de tela y vuelve a tapar el hoyo.

—Niñas.

Las gemelas agarran una bolsa cada una.

—Tú, donde Casandra. Treinta pesos, ni más ni menos. Si no los quiere dar, o no los tiene, te me vas de ahí para donde don Arturo. Tú, al colmado de Ramiro. Sesenta pesos y ponte dura, pero si discute mucho y no quiere soltar, bájale como mucho a cincuenta. Andando.

Las gemelas se van. Inma queda delante de Puro.

—Vela el café y sírvete —ordena—. Voy a dar una vuelta. Si no hay moros en la costa, regreso y te aviso y te me vas, pero juyendo.

—Sí, mi generala.

A Inma no le gusta el chiste y sale malhumorada. Puro se queda solo en la casucha.

Se dirige al anafe, en el que pacientemente cuela un café de media. Se sienta con su taza en la sillita en la que, la noche anterior, Inma estuviera leyendo. Bebe pausado, el semblante marcado por una preocupación que de pronto se disipa y da paso a un gesto de sorpresa, como si recordara algo. Pone el café en la mesa, se pone de pie y se dirige directamente al estante alto en el que Inma pusiera el libro que había estado leyendo cuando él entró en la casa como una ráfaga, en medio de la noche. Lo encuentra. Lo toma entre las manos: Ensayo sobre la desigualdad entre los dominicanos, por Puro Maceta Gómez.

Puro se ríe. Acaricia la portada de su tesis doctoral. Tirada simple de quinientos ejemplares. Todos vendidos y el libro prohibido. Y mira nada menos dónde encuentro uno, piensa Puro.

Inma entra a la casucha y cierra la puerta. Al ver lo que Puro tiene entre las manos, su rostro se convierte en un dechado de indecible cólera. Camina hacia él, le arrebata el libro y lo vuelve a poner en el mismo sitio. Se le para delante y le sostiene la mirada. Se cruza de brazos.

—No hay moros en la costa—dice. Puro la mira y tras unos breves momentos se aleja, recupera su valija y se dirige a la puerta. Cuando está a punto de abrirla…

—No—suspira Inma. Puro la mira, confundido.

—¿Hay gente o no?—quiere saber.

—No—responde Inma.

—¿Entonces puedo irme?

—Sí.

Puro empieza a abrir la puerta.

—No—vuelve a decir Inma.

Puro cierra la puerta, se da la vuelta y pone la valija en el suelo. Inma se está muriendo de la vergüenza, mirando a todas partes menos a Puro.

—Te puedes ir y también te puedes quedar…—dice.

Puro, palomo por antonomasia, está completamente confundido. Inma lo mira por fin, con una expresión de misericordia y frustración.

—En serio que no sé cómo te hacen caso toda esa gente. ¿Líder de qué?

—Inma…

Inma se abalanza sobre él, exasperada.

—¡Siempre tengo que ser yo, siempre yo!

Apenas puede terminar la última palabra. Inma lo besa

con desenfreno, zambulléndose de boca en la boca de Puro. Se empiezan a desvestir apresurada y torpemente, arrasando con el mísero ajuar de la chabola.

♣

Y así fue como Inma y Puro inventaron a Maceta.

1976

Horton fuma un cigarro mientras examina un boquete en el césped de su campo de golf, perfecto y saludable en todos los demás aspectos.

—Parece que aquí hay topos, Molina—dice y camina hacia su carrito. Molina se acerca a inspeccionar el hoyo.

—Eso veo.

Horton saca unos binoculares del carrito de golf y mira con ellos alrededor del campo.

—Eso parece—dice Horton.

Molina se ríe. Horton también ríe.

—Diría que un topo de ese tamaño… bueno—dice Horton y cuelga los binoculares de su cuello—. Debe ser un monstruo.

—Mi querido capitán, ¿y no será que quizá…?—dice Molina haciendo un gesto con sus manos como si algo saliera de la tierra—, no sé… Toda esa presión, o sea, todo ese…

Horton se quita el cigarro de la boca y lo interrumpe.

—Primero, Molina, deja esa mierda de andarme llamando "capitán"—dice Horton y camina de vuelta a su carrito, en

donde deja los binoculares y del cual saca un palo de golf—.
Me tienes harto con eso. Segundo… ¿de qué carajo estás
hablando? Esto está bien hecho, no lo hizo un dominicano.
Nada como eso que planteas ha pasado nunca en ningún
lugar de los que investigué antes de meterme en esto. Así
que shut your fucking mouth.

Horton clava el tee en la tierra y coloca la bola.

—Esto lo está haciendo un hijo de puta que quiere dañar
mi campo.

Horton golpea la bola.

—Así que quiero que tú y tu gente, tus policías, tus matones
o quien sea, lo agarre ¡y le corte los cojones!

Molina prepara su bola.

—Hay hoyos como este por todo el campo—prosigue
Horton—. Los cuidadores no dan abasto. Cada vez que tapan
uno aparece otro en un lugar diferente.

Molina golpea la bola.

—Eso está muy raro—dice Molina mientras ve su bola
alejarse por el aire.

—¿Te parece?… He preguntado por ahí… nadie ha visto
nada.

—Claro que no. Nadie ve nada por estos lados.

—Ustedes no cambian. No sé en qué carajo estaba yo
pensando cuando decidí quedarme aquí.

—Buejjj… si me dieran un dólar por cada vez que te he
oído decir eso…

Horton se ríe.

—Vete al carajo, Molina. Lo que quiero saber es qué vas
a hacer al respecto.

—Mira.

Molina señala hacia un carrito que se acerca a ellos.

—Eso es lo que haré.

El carrito se les detiene justo delante. Mingo conduce. A su lado hay un hombre blanco con cara de loco.

♣

Algunos se preguntarán que a qué me refiero cuando digo que este hombre tenía cara de loco.

Digamos que, si la cabeza es una radio, este hombre tenía cara de tenerla sintonizada en una estación que nadie más recibe.

O no la tenía sintonizada en absoluto, y solo recibía estática.

♣

Mingo y el hombre con cara de loco se bajan del carrito y se paran junto a Molina.

—Horton, te presento al raso Benzo.

Benzo se cuadra con un saludo militar para acto continuo sonreírle a Horton con encías tan desnudas como las de un recién nacido. Horton se aparta con Molina.

—Molina…—dice Horton y exhala una bocanada de humo—. Tú me estás jodiendo, ¿verdad?

—Nooo, mi capitán. Dime, ¿quieres que resuelva el problema o no?

—¡Claro que lo quiero resolver! Pero, este tipo…

—Exacto… este tipo es perfecto para el trabajo. Benzo no tiene nada en esa cabeza, no le da mente a nada. Es un buen perro de presa: atrapará al responsable, y cuando lo haga lo picará en pedacitos tan chiquitos que cabrán en uno de los hoyos que abrió. Créeme.

Horton se lo piensa.

—No sé…

—Además…—dice Molina y sonríe—, no hay que pagarle nada. Le das unas sobritas de comida y será tu perro fiel para toda la eternidad.

Molina le guiña un ojo a Horton. Horton sonríe.

—¿De dónde carajo es que tú sacas a esta gente?

—De por ahí…

—Pues bien, entonces.

—Solo hay que dejar que merodee por el campo. Pronto encontrará el rastro del topo ese. Es cosa de un par de días.

—Bueno… pero no quisiera que alguno de los socios del club se tope por ahí con un asesino desdentado.

Molina reflexiona.

—Buen punto, sí—dice y analiza el entorno—. Pues entonces vamos a ponerlo a vigilar la verja. Quien sea que está haciendo esto se está metiendo por ahí.

—Yeah…

—Vamos a ver—dice Molina—. ¡Mingo, suéltalo por la verja!

Mingo y Benzo se suben al carrito y se van.

—Bueno… un problema menos—sentencia Horton.

—Un problema menos—concuerda Molina.

Caminan hacia su carrito de golf. Horton se torna dubitativo. Se detiene.

—Estaba pensando—dice—, ¿cómo te ha ido… consiguiendo… aquello de lo que hablamos el otro día?

—Eeeh… eso apareció ya, le estamos poniendo un poquito de presión. Estimo que, como te dije, la deberías tener en tus manos al final de esta semana.

Horton apenas puede creerlo. Rebosa de alegría.

—¡Esas son buenas noticias, Molina!

—Sí, lo son.

—¡Muy buenas noticias!

Y riendo y palmeándose las espaldas, entregados cada uno a la satisfacción de las metas conseguidas y por conseguir, estos dos capitanes de la industria se suben en el carrito de golf y se alejan.

MACETA, A QUIEN-COMO hemos podido ver—las amarguras, dificultades, miserias, contratiempos, abusos, golpes y deplorable panorama general que lo rodea apenas logran hacerse reconocer por el niño, mucho menos hacer mella en su ánimo y espíritu de aventura, ve algo esa mañana al entrar al patio de la escuela que consigue—¡por fin!—provocarle un sentimiento que destruye el perpetuo y milagroso equilibrio de su humor.

Le duele el estómago, pero no le duele. Un hormigueo le recorre todo el cuerpo justo debajo de la piel, pero no exactamente. Algo presiona sus ojos desde atrás, empujándolos…

o halándolos, no está seguro. En su cabeza explota una bomba hecha de hielo y de fuego que le quema las orejas y se las congela.

Lucía, en el banquito de siempre, está hablando con otro niño.

La situación es muy confusa para Maceta, cuya experiencia con los celos es nula.

Camina hacia su amiga. ¿Qué otra cosa puede hacer? Cuando Lucía lo ve acercarse agarra al otro niño de la mano y se aleja. Maceta siente el deseo inexplicable de regresar para su casa, meterse en la cama y arroparse hasta la cabeza.

♣

Dentro del aula, Lucía mantiene la misma actitud. Deliberadamente ignora a Maceta cuando trata de llamar su atención mostrándole su diario de apuntes. Le da la espalda cuando le muestra un dibujo que acaba de hacer. Lo acusa con el maestro Reyna cuando Maceta tiene la osadía de pararse de su pupitre para llevarle la *Merendina Vitalidad* que le puso Melisa en la mochila.

Durante el recreo, Maceta espía a Lucía y sufre el asedio de una emoción diferente a los celos con que inició el día. De esta emoción también desconoce el nombre, pero nos vamos a la segura si concluimos que se trata del aplastante y devastador sentimiento de la humillación.

Agachado tras un arbusto que apenas lo oculta, mira a Lucía compartir su merienda con el nuevo chico y reírse de todo lo que dice.

Cuando ya no puede soportarlo más, se aleja del lugar y va a sentarse en el banco de costumbre. Hasta el hambre se le ha quitado.

Entonces llega Lucía.

Se le para delante, le tira un libro y lo mira cruzada de brazos.

—Ahí está tu estúpido libro…—dice—. De nada.

Maceta levanta el libro: *Gaelic Mythology and Folklore,* nada menos. El libro que le mostró la verdad sobre los arcoíris. Maceta olvida sus tristezas anteriores y retorna a su familiar estado de dicha y agradecimiento.

—¡Lucía! ¿Entonces viste cómo…?

—Tú lo que eres es un idiota… un carajito idiota. Retardado. Un mongolo.

¿Qué les digo? No podemos culparla.

—¿Eh?—dice Maceta y suena precisamente como si confirmara el diagnóstico de la niña.

—Y eres el peor amigo que he tenido en toda mi vida—dice Lucía y empieza a llorar. Maceta ahora está preocupado y, por supuesto, no entiende nada.

—Pero…

—Todo el mundo habla de ti…—dice Lucía entre sollozos—. Maceta para aquí y para allá. Maceta esto y lo otro. Maceta para arriba y para abajo. ¿Y yo? Bien, gracias. ¿Dónde has estado? ¡Ya no me dices nada!

Maceta no sabe qué responder.

—¡Yo ni siquiera quería ese estúpido libro!… Lo compré para ti, estúpido.

Lucía hace un breve silencio durante el cual considera lo que acaba de decir.

—Mentira… no lo conseguí para ti. ¡Es mío!—dice, le arrebata el libro a Maceta y se va corriendo como un chele.

—¡Lucía!

Maceta corre detrás de ella, abriéndose paso entre los niños del patio. No logra alcanzarla. Luego de mucho buscar, la encuentra en un pasillo vacío. Lucía le da la espalda.

—Perdón.

Lucía no se mueve. Maceta no sabe qué otra cosa hacer o decir.

—¿Dónde está mi tesoro?—pregunta Lucía.

—¿Eh?—vuelve a corroborar Maceta la opinión de Lucía, que se da la vuelta y lo enfrenta.

—¿Estás sordo? ¿Que dónde está mi tesoro? ¡Has encontrado tesoros para todo el mundo, menos para mí!

—No sabía… Nunca sé lo que voy a encontrar.

—¡Mentira!

—¡No, Lucía! ¡Es verdad!

Lucía se pone como una fiera.

—Papi dice que muy pronto seremos pobres.

Lucía piensa bien lo que dirá a continuación… y lo dice.

—Tan pobres y miserables como tú.

La idea de la pobreza, tal y como la entiende Lucía, es desconocida para Maceta, y la saeta no logra herirlo con la severidad que ella supone.

—Vamos a perder el negocio… y la casa con todo y muebles.

Maceta se entristece por la noticia.

—Lo siento mucho, Lucía.

—¿Que sientes mucho qué? ¿Qué sabes tú de tener un negocio, o una casa... o muebles? Yo sé bien dónde vives.

Esta otra flecha falla el blanco también.

—Yo sé que sabes... Claro que sabes.

—Y no necesito nada de ti. Nada que me des nos puede ayudar.

—A la gente le gusta lo que les consigo. Quizá puedo encontrar algo que puedas usar. Lo tengo todo anotado en mi diario.

—Eres un idiota y un estúpido. Tú crees que cualquier basura que encuentras por ahí tirada sirve para algo, pero no sirve para nada. Es solo basura. No importa lo que escribas en tu ridícula libreta, sigue siendo basura. Y la basura es basura. Es lo que ya no sirve para nada, lo que la gente no quiere y bota al zafacón, todo lo que es feo y huele mal y ensucia y te enferma. Nunca encontrarás un verdadero tesoro. Ni siquiera sabes lo que es un verdadero tesoro porque nunca has visto uno... y nunca lo verás. Toma...

Lucía le estruja el libro en el pecho y lo empuja.

—Ya no lo quiero, porque lo tocaste.

Lucía se aleja llorando. Maceta sostiene el libro en las manos y lo que dice a continuación desengaña a Lucía respecto del supuesto retraso mental de Maceta.

—Yo lo sé.

Lucía se detiene. Se da la vuelta. Maceta tiene lágrimas en los ojos, pero no llora.

—Yo sé cómo son las cosas... de verdad. Pero... verlas de... de mentira, es mejor. Es como contar un cuento. Si yo no pudiera escuchar ese otro cuento que me cuentan las cosas, o que me cuento yo… si las cosas no me dijeran nada… Si solo fueran lo que son, si solo pudiera verlas como son de verdad… como tú las ves… ¿Qué tengo? ¿Con qué me quedo?

Lo trágico del asunto es que estas no son preguntas retóricas. Maceta espera de Lucía una respuesta, su cara trastornada por una expresión de absoluto desamparo. Lucía hace silencio. Luego de una breve pausa abre la boca como para decir algo que se le atora en la garganta, gira sobre sus talones y sale corriendo.

INMA, VESTIDA CON su uniforme de mucama, barre el piso de la elegante sala de la casa del matrimonio Horton.

Limpia el inodoro del inmenso y lujoso baño. Saca la basura. Tiende una cama King. Plancha un montón de ropa en el área de servicio. Cocina.

Lo mismo de todos los días, excepto por una pequeña diferencia: Inma tiene un ojo morado.

Una tabanada que le dio Raúl. Y ese es el que se ve. Debajo de su ropa marcas hay de otros, muy frescos yaguazos.

—Inmaculada…—la aborda Mrs. Horton sin entrar en la cocina. Inma se seca las manos en su delantal y va donde la señora, que hurga en su cartera sin mirarla.

—Dígame, doña…

—Voy a salir un momen…—empieza a decir Mrs. Horton, pero no termina, sorprendida por el hematoma en la cara de Inma.

—¡Oh! ¡Dios mío!

—No fue nada doña—dice Inma, enternecida y francamente conmovida por esta inusitada muestra de solidaridad y preocupación.

Nunca es bueno adelantarse a los acontecimientos.

—¡Dime!…—exige Mrs. Horton—¿Qué fue lo que hiciste ahora?

Inma cambia bruscamente de expresión, traga un bolo duro y siente que su ojo palpita. Mrs. Horton deja de mirarla y vuelve a hurgar en su cartera.

—La verdad es que a ustedes nunca los voy a entender…

¿Ustedes? piensa Inma. ¿Ustedes?

Mrs. Horton por fin encuentra su monedero y lo abre.

—Bueno, mira… necesito salir y no regresaré antes de que te vayas.

Mrs. Horton saca un par de billetes y algunas monedas y se las pone en las manos a Inma.

—Aquí tienes tu sueldo.

Inma cierra el puño alrededor del dinero. Mrs. Horton cierra su monedero y lo mete de nuevo en su cartera.

—Te desconté la blusa que me dañaste con cloro la semana pasada y el pote de mayonesa que rompiste el otro día. Aparte de eso debe estar completo. Cuéntalo si quieres.

La señora amaga con irse, pero recuerda algo más.

—¡Ah!, y por favor, recoge el tollo de los perros en el patio antes de irte.

—Sí, doña.

❧

Los adictos lo llaman un "momento de claridad".

❧

Mrs. Horton se marcha.

Inma sigue en la cocina, entre ollas burbujeantes. Aún tiene el dinero apretujado en una mano mientras mueve el caldo con la otra. En un momento dado se ve en la necesidad de usar su otra mano y ahí es cuando cae en cuenta de que la tiene ocupada con el dinero. Lo mira con desprecio y asco, como si de un animal muerto se tratara. Finalmente lo guarda en un bolsillo y continúa con su trabajo.

Pero entonces su cuerpo empieza a convulsionar, involuntariamente. La primera en sorprenderse es Inma. Pero ni es epilepsia ni es un infarto. Son simples sollozos.

Jipíos.

Entender que solloza la indigna aún más, y rompe en llanto. Verse plegada como una magdalena, llorando con hipos y mocos, como una buena pendeja, la llena de ira, y estrella el cucharón con que cocina sobre la estufa, derramando el cocinado por todas partes.

Se seca las lágrimas con el dorso de la mano, se arranca el delantal, lo tira al piso y sale de la cocina.

❧

Inma se pone sus guantes de goma y sale de la casa. Camina por el patio, ignorando los bravos Rottweilers que se abalanzan contra la malla ciclónica de la perrera, y empieza a recoger mierda en una lata.

Cuando ha obtenido una cantidad satisfactoria, Inma va a la habitación principal, desnuda el colchón King y lo unta de pupú casi por completo. Con lo que le queda en la lata va al closet de Mrs. Horton y echa el resto entre sus zapatos. Cuando ya no queda nada o muy poco, limpia la lata con los vestidos favoritos de la señora.

♣

Al que no le gusta el caldo se le sirven dos tazas. Si un chin de catinga la ponía grave, ya se imaginarán lo que pasó cuando Mrs. Horton llegó a la casa.

♣

Con su cartera al hombro y una blusa ligera sobre su uniforme de mucama, Inma sale de la mansión de los Horton hacia la calle, justo cuando el capitán aparca su Mercedes Benz y se desmonta.

—¿Dónde carajo crees que vas?—inquiere con desprecio—. Todavía te queda un par de horas de trabajo.

—¡Vete a la mierda, maldito Yankee!—Inma le grita sin mirarlo.

Mamagüela es una prieta old school.

Horton no puede creerlo.

—¿Qué dijiste?

Inma, que ya va lejos, se da la vuelta y camina hacia Horton, que retrocede intimidado. Le empuja el índice en el pecho y le habla mirándolo a los ojos.

—Te dije: ¡Vete a la mismísima mierda, maldito Yankee!

Inma lo mira por un instante. Horton está petrificado. Inma le da la espalda y se va, dejándolo aplastado contra el costado de su carro.

—¡Váyanse todos a la mierda!—insiste Inma alejándose del lugar.

Horton espera a que llegue al portón.

—Eeeh… pues ¡vete a la mierda tú también, chopa malagradecida!—grita—. Me encargué de ti, pendeja. ¿Si no fuera por mí? ¡Dime!

Horton cierra la portezuela de su carro con un golpe violento.

—Fucking people…—dice entre dientes y entra a su casa.

☙

Maceta está triste.

Camina desanimado por la vereda que bordea el campo de golf. No está de ánimos para arcoíris… pero hay hábitos difíciles de romper. Se sienta con su pala en el tronco de siempre a esperar los aspersores.

Los aspersores se encienden y el arcoíris se forma…pero Maceta no se mueve. Solo después de un buen rato, y de

mala gana, como quien cumple con una obligación, lanza
la pala y salta la verja.

♣

Después de retirar un último puñado de tierra, Maceta se
asoma al hoyo que recién ha cavado. Mete la mano y extrae
un extraño artefacto rojo con dos visores y una palanca en
el costado derecho. Parece un par de binoculares.

Su examinación del tesoro es interrumpida cuando la
pálida mano del raso Benzo lo agarra por los moños y lo
levanta en vilo. Cuelgan buscando piso los pies de Maceta,
que se horroriza al ver delante de sí al desquiciado recluta
dedicándole una sonrisa desdentada, los ojos saltones amenazando salirse de sus cuencas.

Maceta grita.

Con una fuerza inexplicable Benzo lo agita varias veces y
lo lanza lejos de sí. Maceta cae boca abajo en una trampa de
arena. Se incorpora precariamente y se da la vuelta; Benzo
nuevamente sonríe, saca un enorme cuchillo de carnicero y
se encamina hacia él. Maceta se levanta y empieza a correr
despavorido.

♣

Maceta corre con todas sus fuerzas, tropieza, se levanta de
nuevo, sigue corriendo, mientras Benzo parece avanzar
como si flotara en el aire, veloz como una gacela, inmune al

cansancio. Maceta apenas puede mantenerse en pie: lo vence la fatiga y el terror. Benzo finalmente lo alcanza cuando Maceta se desploma exhausto sobre la grama.

Maceta se tiende boca arriba, esperando lo inevitable, y por un breve momento considera que el cielo está despejado y hace un lindo día. Pero ese azulísimo cielo queda oculto ahora tras la cabezota de Benzo, que se arrodilla sobre Maceta blandiendo el cuchillo en alto, listo para matarlo.

A Maceta no se le ocurre otra cosa que cerrar los ojos y cubrirse con el tesoro que acaba de encontrar, alzándolo contra la cara de Benzo.

Nada pasa.

El cuchillo no lo atraviesa, su sangre no se derrama.

Otro momento y sigue sin pasar nada.

Maceta se atreve a abrir los ojos y descubre a Benzo embelesado mirando por los visores del *View-Master* que le ha puesto delante de los ojos.

El matón deja caer el cuchillo y toma el aparato en las manos.

♣

Lo que ve Benzo en el *View-Master*: una fotografía de la Estatua de la Libertad.

♣

Maceta se sale cautelosamente de debajo de Benzo, pero no

huye, sino que estudia el juguete y lo opera para que cambie la imagen…

Benzo hace el sonido gutural de un animal sobrecogido por el deleite. Ya entendió cómo funciona el aparato y ahora lo opera él mismo. Con cada cambio de imagen se ríe y celebra como un niño. Maceta le da una palmada amistosa en el hombro y se aleja sin quitarle los ojos de encima.

♣

Su carrera lo ha llevado de vuelta al otro extremo del campo, a la choza entre matorrales que días antes le había señalado el arcoíris. El lugar que el Loco Abril defendió sin muchas ganas.

Maceta suspira y salta la verja.

Se abre paso entre la maleza hasta llegar a la choza del vagabundo. Mira alrededor, asegurándose de que está solo, y entra.

♣

El interior de la casucha del loco es asombroso. Algo de luz del sol se cuela por una claraboya, iluminando una sala amueblada con piezas dispares obviamente recogidas en basureros. Maceta está intrigado y mira alrededor hasta que encuentra un interruptor fijado precariamente a la pared. Lo acciona. Una lámpara se enciende iluminando todo el espacio. Ahora Maceta puede ver unos escalones que bajan hacia otro lugar, cortados en el caliche del subsuelo.

Maceta desciende, maravillado. Alcanza un rellano del que parten más escalones que se adentran más profundamente, perdiéndose en la oscuridad. Maceta alcanza el último escalón, luego de mucho bajar, y la luz que llega de arriba, ahora muy tenuemente, le muestra otro interruptor. Maceta lo acciona. Se hace la luz.

♣

Maceta se encuentra en una gran biblioteca subterránea. Las paredes, esculpidas en el calcio del subsuelo, están llenas de libros de piso a techo. Hay un escritorio y un sofá junto a otra mesita pequeña. Todo es viejo y desigual, pero al mismo tiempo limpio y ordenado. No hay ni una mota de polvo.

En una de las paredes descansan dos Kaláshnikovs que Maceta acaricia con curiosidad. La pared contra la que está el escritorio está cubierta de viejas fotografías. Es un collage abigarrado, sobrepoblado. La mayoría de las fotos son a blanco y negro. El tema es, sin duda alguna, la Guerra Civil del 65: grupos de hombres y mujeres combatientes, armados; soldados estadounidenses apuntando; batallas, tanques, barcos, barricadas, cadáveres.

♣

Las fotos que ningún historiador ha venido a pedirnos para escribir sus libros tan llenos de hoyos como el campo del golf del capitán Horton.

♣

Maceta se siente atraído especialmente por fotos en las que aparece un hombre joven, mulato, alto y delgado, de gruesas gafas de pasta negra. Este hombre posa con otros hombres de apariencia importante, siempre serio, grave, derecho como una estaca. Posa junto a Francisco Caamaño, junto al profesor Juan Bosch, junto a soldados, junto a estudiantes, junto a manifestantes, e individualmente junto a hombres y mujeres sonrientes entre los cuales Maceta cree distinguir a Jacinto y a Eneida, a don Chago, jovencísimo, y a Lidio, el hojalatero, imposible de confundir con nadie más…

♣

Pero con quien más se hace fotografiar el hombre de los lentes es junto un hombre de bigote fino como una pincelada, joven, bajo y corpulento, de uniforme militar impecable y mejillas meticulosamente afeitadas.

Maceta despega y examina una foto que muestra a ambos hombres enlazados en un abrazo, sonriendo.

—Ese es tu papá…—dice a espaldas de Maceta la voz pedregosa del Loco Abril.

♣

Maceta da un salto y cae al suelo. El susto ha hecho que se le salga un chin de pipí.

Pero no suelta la fotografía. El loco se ríe dejando en el suelo un saco raído que trae y se acerca a Maceta, agarra la foto que tiene en las manos y la observa, rememorando.

—El otro soy yo—dice—. Bueno... Era yo.

El Loco Abril mira a Maceta y coloca la foto junto a su cabeza.

—Aunque en realidad no he cambiado tanto, ¿verdad?

El loco espera la respuesta de Maceta, que por supuesto no llega nunca, y se echa a reír. De pronto se pone serio nuevamente, observando a Maceta con una mirada estupefacta. El Loco Abril le devuelve la foto a Maceta, que la mira ahora con un interés especial.

—Puro Maceta—declama el loco—. El hombre más agradable y bueno que haya nacido jamás.

A continuación, despega otra foto de la pared y se la da a Maceta.

—¿Sabes quién es ese?

La foto muestra a un hombre mulato—indio tres cuartos prieto, solía decir él—de mediana edad, con un rifle terciado en la espalda, que sonríe con una amplia y blanca dentadura. Su rostro es jovial y ameno. Maceta mira al loco sin decir nada.

—Ese es tu abuelo, Pancho Carmona, el papá de tu mamá—explica el loco, riendo y alejándose de Maceta—. El pillo más grande de todos los tiempos. Pero, pero, pero... políticamente motivado.

El Loco Abril se sienta en el sofá y pone los pies sobre la mesita.

—Lo mataron los Yankees—dice el Loco Abril—. El

gobierno provisional confiscó todos sus bienes. Dejaron a su familia en la calle.

El Loco Abril se rasca la barba con furia, desahogando una ira mal contenida, mal encaminada, vieja, podrida, irrelevante al fin y al cabo. Maceta, que aún tiene las dos fotos en sus manos, lo mira, trata de descifrarlo.

—¿Mi papá y tú eran amigos?

El Loco Abril mira a Maceta, inclinando la cabeza, arrugando los ojos.

—Inmaculada ha hecho bien su trabajo—dice—. No hay que ponerse a escarbar en el pasado. ¿Para qué? Mejor así.

El loco abre los ojos azorado y mira a Maceta como si acabara de llegar.

—¿Qué haces tú aquí? ¿Cómo llegaste aquí?

No hay respuesta. El Loco Abril poco a poco se calma.

—Tu papá era un hombre muy inteligente—dice después de un rato—, el más brillante de todos nosotros. ¡Y qué labia!… Te podía vender un saco de arena en el desierto… sí que podía. No muy guerrero que digamos. Cegato. Asmático… Inservible en combate. Eso sí… ¡Ay de quien se le ocurriera decirle eso!

El Loco Abril se arregla un poco la barba con la mano. Maceta se sienta en el escritorio.

—Todo el mundo lo quería… todo el mundo—dice el loco, chasqueando los dedos—. Y rápido: Lo conocías, lo oías hablar, y ya lo querías mucho… yo no sé… no sé qué era lo que tenía. Hay gente que nace con eso.

El Loco Abril se mantiene pensativo por unos breves

momentos y entonces señala una foto grande que está situada más arriba en el collage.

—¿Pero ese hijo de puta ahí arriba?

Maceta mira hacia arriba. Y descubre la imagen del joven Molina posando con un rifle, su pie derecho sobre el cadáver de un soldado estadounidense.

—Ese era tooooodo lo contrario.

Maceta sigue mirando la foto. El loco sigue perdido en sus recuerdos.

—No importaba lo que hiciera, lo que dijera… no le caía bien a nadie. El muy cabrón no podía congraciarse con un perro muerto de hambre, aunque le llevara un salami. Tenía ese algo que hacía que todo el mundo lo odiara… Nació con eso, así como tu papá nació con lo otro.

El Loco Abril mira hacia arriba; se le acaba de ocurrir una idea.

—Lo cual es muy curioso—dice—. Irónico y curioso porque… Bueno.

El Loco Abril se rasca los muslos con ambas manos y abandona la idea.

—Pero… tu papá está muerto y ese desgraciado está vivito y coleando, así que… ¿cuál es la lección?—dice y ahora masculla para sí—. ¿Cuál es la lección? ¿Cuál es la lección? ¿Cuál es la lección? ¿Cuál es la…?

El Loco Abril sonríe, mira a Maceta con picardía.

—¿Quieres saber qué fue lo último que hizo tu papá antes de morir?

Maceta asiente con la cabeza.

—A ti.

El Loco Abril estalla en una carcajada. Quieto, Maceta lo mira reírse.

—Tú, de verdad.

La risa del loco va amainando. Maceta no entiende nada. El loco ahora se torna serio, le dirige a Maceta una mirada triste, melancólica. Su cuerpo empieza a mecerse rítmica y lentamente sobre el asiento, como al compás de una música que solo él escuchara.

—Sí… sí. Él era mi amigo, tu papá era mi amigo… mi mejor amigo en la vida.

El Loco Abril calla y ese silencio se extiende como una era geológica.

—Y por mí lo mataron—dice, finalmente.

Maceta lo mira anonadado.

—Fui yo. Fue por mí que lo mataron, por mí lo mataron, por mí lo mataron, por mí lo mataron, por mí lo mat…

El Loco Abril hace un esfuerzo por callarse. Se cierra la boca con las manos. Se abofetea. Deja de abofetearse. Súbitamente se arrodilla frente a la mesita de centro.

—¿Que cómo lo maté?—dice, mirando a Maceta—. Me alegra que preguntes.

Empuja la mesita y retira un pedazo de alfombra para descubrir una vieja y oxidada caja metálica empotrada en el piso y asegurada con un colosal candado. Busca debajo de su raída camisa—y de su sucia barba—una llave que cuelga de una cadena en su cuello.

—Yo hice que gente muy muy mala…—dice mientras realiza movimientos espasmódicos, agitados, que le dificultan meter la llave correctamente en el candado.

—… creyera…

El Loco Abril mete la llave en el candado.

—… que tu papá…

El Loco Abril abre la caja.

—… tenía esto.

Dentro, bien dispuestos, hay tres lingotes de oro macizo

Siempre he oído decir que la característica definitoria de la locura es hacer siempre lo mismo esperando un resultado diferente cada vez. Y siempre me ha parecido que esta declaración es extremadamente limitada. Sobre todo en el caso del Loco Abril y otros como él, que están locos sin duda alguna, el juicio irremediablemente perdido.

Yo añadiría que un loco que merezca el nombre es incapaz de reconocer contextos, de adecuarse a situaciones, de reconocer las sutilezas inherentes a la inmensa variedad humana. Un loco le habla a cualquiera de la misma manera, sea hombre, mujer, rico, pobre, viejo o niño. Por eso es que dicen también que con locos, borrachos y niños hay que andarse con cuidado, porque siempre dicen la verdad, sin anticipar las consecuencias.

Los bufones de las tragedias clásicas son locos, borrachos, o niños, y hasta los reyes escuchan sus impertinencias con atención, sin tomar represalias.

Un adulto que se comporta como un niño ciertamente está loco, y un borracho es un niño mientras le dure la borrachera. Un niño es un niño y no tiene más remedio que serlo, y por eso, que actúe como niño no resulta perturbador. Perturbador sería que, siendo niño, se comportara como adulto, y aquí Maceta tiene cogido muchos números, por inocente e ingenuo que pueda parecernos.

Así pues, el Loco Abril no tiene ningún escrúpulo en descargar sobre Maceta la complicada historia de su traición, como si le hablara a un igual, y Maceta no se encuentra en absoluto extraño que el loco considere apropiado decirle todas esas cosas, que escucha con suma atención, aunque sea incapaz de entender algunos detalles, como que el Loco Abril, antes de ser loco, se llamaba Oviedo y se acostaba con la mayor McCollum.

¿Que se acostaba con McCollum? ¿Quiere decir que compartían una casita, como él con su familia? ¿Que eran pobres y solo tenían una cama? ¿Que tomaban siestas juntos, como él y su tía Melisa los sábados por la tardecita?

El resto es todavía más enigmático, pero profundamente interesante.

♣

Oviedo fue reclutado temprano. Cuando McCollum le hizo la propuesta no se lo pensó dos veces. He aquí la oportunidad de brillar con luz propia, fuera de la sombra de Puro y la obvia rastrería de Molina. He aquí la oportunidad de hacer algo de verdad, de vivir una verdadera aventura, de poner la vida en riesgo, de ser un verdadero héroe.

Oviedo reportó su reunión a la alta comandancia y recibió

órdenes de aceptar. Ni siquiera Puro sabía, Molina menos. Su contacto era única y exclusivamente Sarah McCollum.

Sarah…

El Loco Abril pronuncia este nombre con dificultad, se le atrabanca en las cuerdas vocales, lo asfixia un chin, se le atraganta.

Maceta lo nota, pero es incapaz de interpretar el ahogo, el sufrimiento que le produce ese nombre.

Yo sí, hijas mías, yo sí.

☙

A fin de cuentas, las razones que tuvo Oviedo para convertirse en un doble espía no son las que le confesó a Maceta. Ansias de protagonismo, revancha contra Puro, venganza contra Molina…

No.

Oviedo era un varón caribeño de pura cepa y compartía con todos los demás varones caribeños de pura cepa la misma debilidad cardinal: la mujer blanca.

☙

No pongan esa cara.

Aprendan a la buena ahora y no a la mala después. Ese príncipe que dice que te ama y que te adora, lo cual no tiene por qué ser mentira, te soltará en banda por la primera rubia que le sonría. Y ni siquiera tiene ser bonita.

✣

En el caso de la mayor McCollum, Oviedo estaba condenado por partida doble, porque McCollum era una amazona irlandesa que parecía salida de un cromo.

Sabrá Dios cómo se conocieron y en qué circunstancias. Seguramente en una barra de la zona de seguridad. O quizá en el piano bar de algún hotel de la playa. A Oviedo le encantaba la movida turística. Sanquipanqueaba de vez en cuando. Y cuando venían delegaciones de la Internacional Socialista a reunirse con Peña Gómez o con don Juan, Oviedo se encargaba de entretener a las féminas, y no solo a las solteras, pasándolas a cuchillo.

Con McCollum, Oviedo conoció la horma de su zapato. Se separaron las aguas. No hubo para nadie. Especialmente porque Sarah se enamoró también…

A ver… Estamos usando la palabra "enamorarse" por usarla. Según otros testimonios, Sarah no era mujer de enamorarse. Pero incluso las mujeres que no se enamoran, se enamoran, y siempre de la persona que menos uno imagina. Así que no me extraña que se haya… *emperrado* de Oviedo.

Y cuando una mujer como esa se emperra…

Ese fue el error de Oviedo, el mayor de todos: subestimar el sentimiento que había despertado en la mayor McCollum. Creerse indigno. Pensar que estaba solo en su infatuación. Hay un sinfín de hombres y mujeres incapaces de creerse dichosos, aun en medio de la dicha.

Se amaron, le dijo el Loco Abril a Maceta. A escondidas

se amaron. McCollum sabía que Oviedo les pasaba a los rebeldes cualquier información que ella dejara caer en los intermedios del amor, y a veces inventaba, pero a veces no, porque quería que confiaran en Oviedo, o porque sencillamente amaba a Oviedo. Nadie sabe.

Oviedo nunca inventaba. Todo lo que le informaba a McCollum, por un lado, y a sus cofrades constitucionalistas, por el otro, era cien por ciento correcto.

Oviedo era un calié, pero un calié de estatura moral y principios éticos.

Todo un héroe.

♣

Oviedo sabía perfectamente bien que McCollum estaba loca de atar, que era peligrosa. Había visto a sus compañeros de armas, capturados gracias a sus informaciones, entrar a la zona de seguridad como gente y salir como carne molida. Por eso, cuando la mayor le propuso interceptar el soborno que la Junta Militar había acordado pagarle a la fuerza invasora, supo que había llegado el momento de decir adiós.

Primero pensó que se trataba de una trampa, que su amante había decidido darle fin a su relación con bombo y platillo. Pero el ahínco, la pasión y la minuciosidad que McCollum ponía en la preparación del golpe empezaron a convencerlo de que la verdad era más terrible aún: Sarah hablaba en serio. Sarah quería huir con él a un lugar donde nadie los encontrara, escaparían al fin del mundo si era necesario. Sarah quería casarse, tener una familia. Sarah, la mayor McCollum, la agente de inteligencia que habría puesto a temblar al más sádico de los esbirros del Servicio de Inteligencia Militar de la dictadura, quería que jugaran a la casita, pero en serio.

¿Cómo desengañar a una mujer como McCollum? ¿Cómo rechazarla, despreciarla, darle banda?

Oviedo entendió entonces que no le quedaba otra alternativa que no fuera darle un tiro.

♣

La operación era una treta. Hacía ya un mes que la Junta había realizado el pago. Esos lingotes estaban guardados en las entrañas del acorazado USS Boxer. Nadie se había enterado de nada.

McCollum sugirió filtrar la noticia a los constitucionalistas, no como hecho consumado, sino por consumar. El propósito: identificar al topo que había infiltrado la alta comandancia de los Marines. El topo era ella misma, claro está, pero solo Oviedo lo sabía. La mayor necesitaba una excusa para entrar y salir de la bóveda del USS Boxer con acreditaciones válidas.

Informado del plan oficial, Horton pinta con aerosol dorado dos pesados lingotes de plomo y los marca con la filigrana del Banco Central dominicano.

Más tarde, y arriesgando el pellejo gravemente, McCollum entra a la bóveda y cambia los lingotes de plomo por los verdaderos.

Nadie se enterará del asunto hasta mucho después, cuando el buque de guerra ancle en la estación naval de Roosevelt Roads, en Puerto Rico.

Para ese entonces, piensa McCollum, Oviedo y ella estarán muy, muy lejos.

♣

La operación era clandestina y se llevaría a cabo en el puerto de Sans Souci.

Esa noche, dos soldados dominicanos—en realidad dos civiles disfrazados por McCollum para dramatizar la escena—se adentran en uno de los callejones aledaños al embarcadero. Cargan una pesada valija—*la* valija.

Debajo de un farol, la mayor McCollum y un raso los esperan.

Los soldados dominicanos le alcanzan a los norteamericanos la valija.

Oviedo y Elsa salen de sus escondites y matan a los soldados dominicanos sin mayores miramientos. Elsa dispara y mata al raso que está con McCollum, pero cuando va a matar a la mayor recibe un balazo en la espalda.

Oviedo.

♣

Sarah...
Duele decir su nombre.

Luego de matar a Elsa, la comadre de Puro, Oviedo abraza a McCollum, y es abrazado por ella, estrecha y apasionadamente.

Ya habrá tiempo para eso después. Hay que resolver y hay que irse.

Oviedo abre la valija, saca los lingotes y los mete en un maletín de acero. Le pasa el maletín a la mayor.

Oviedo sabe que Molina trabaja para Horton, y que ambos pronto se harán cargo de sorprender al comando con las manos en la masa. Oviedo pone en el bolsillo de la camisa de Elsa una foto de Molina—la foto del traidor, por si el comando salía victorioso de la emboscada—con una dirección y una fecha escritas en el dorso: dónde y cuándo se reunirían nuevamente Puro y sus compinches.

Oviedo se pone de pie.

McCollum, valija en mano, lo mira con adoración.

Oviedo le descerraja un tiro en la cara.

♣

Rayando el alba, cargando con el maletín de acero y la valija vacía—que los Marines reconocerían en manos de Puro—Oviedo se adentra en el monte. Conserva la valija, pero entierra el maletín con los lingotes en la sima escondida entre la guasábara donde eventualmente construiría su refugio.

¿Sabría ya que ese sería su hogar para el resto de sus días?

Yo creo que sí.

Cada quién se cuenta la historia que mejor le cuadra, e interpreta sus decisiones de modo que quede iluminado de la mejor manera posible.

¿Quién sabe si no estaré haciendo yo lo mismo también?

Nadie quiere ser el malo de la película, en especial los malos de la película.

Oviedo no huye, no se pierde, no cruza la frontera hacia Haití, no toma una avioneta hacia Cuba, y tan fácil que hubiera sido.

No.

❧

Oviedo toma la valija vacía que le proporcionaron los soldados impostores y el día de la reunión sube a la azotea de un edificio de la Padre Billini, y espía a Puro haciendo sus rondas. Parece un héroe de película gringa, un Che Guevara cualquiera, pero más mulato, un chin más bajito, un chin más gordito, un chin más serio, pero solo un chin. Vestido de fatiga como los guerrilleros de Fidel Castro, como el mismo Fidel Castro, y aunque su uniforme no era nuevo, estaba bien cuidado, limpio, olía a detergente.

Ese día, exactamente cincuenta y un años atrás, cuando el Loco Abril respondía a un nombre de gente, con apellido de gente, con rango de comandante.

❧

Los ojos del Loco Abril, anegados en lágrimas, apenas puede enfocar a Maceta, que lo escucha arrobado.

—Yo sabía que pronto se soltarían todos los demonios.

Podía simplemente haberme ido… pero no pude. Puro no sabía lo que recibiría, así que no importaba lo que le diera.

El Loco Abril recuerda esa tarde, recuerda a Puro saludando y siendo saludado; a Inma muriéndose de amor por él y a él muriéndose de amor por Inma.

—Pero me tomé la molestia de meter ahí algo que tuviera significado sólo para él… Una última broma entre amigos.

El Loco Abril recuerda a Oviedo entrando al callejón, a Puro fumando pacientemente con un pie reclinado sobre una pared descascarada, próximo a una sólida puerta de metal.

Recuerda el abrazo que se dieron.

Judas también besó a Jesús la noche que lo vendió por treinta dineros.

♣

—Pude haberme ido…—dice Oviedo y se arrodilla delante de los lingotes—, pero algunos solo a veces tenemos la oportunidad de brillar…

Sumándose al Loco Abril en el suelo, Maceta se acuclilla y estudia los lingotes de oro. Los ojos del loco están rojos y amarillos… y azules y verdes y anaranjados e índigos, como charcos de aceite en el asfalto cuando cesa un aguacero.

—Todo el mundo amaba a tu padre… Y todos odiaban a Molina. Los dos tenían ese algo… A mí, en cambio, todos me ignoraban. Eso era lo mío, ser invisible… Un calié ideal. Todo lo que hice… lo hice para brillar, para sobresalir, para hacerme notar, para ser necesitado, para ser respetado, ser odiado… o ser amado… Para ser.

No. No.

Oviedo no se puso a salvo y volvió a la cueva del lobo por ninguna de esas razones, por más que quiera creérselas. Oviedo volvió para recibir su merecido castigo. O para salvar a Puro de la balacera, heroicamente.

O para morir con él.

Judas, con mayor seso, prefirió ahorcarse. Hay asuntos que no pueden dejarse en manos del azar.

El Loco Abril mira a Maceta, y Maceta descubre que delante suyo Oviedo ha empezado a reconquistar los territorios perdidos.

Maceta baja la mirada. El Loco Abril cierra la caja con candado y cuelga la llave alrededor del cuello de Maceta, que la acaricia y la mete debajo de su camisa.

—El oro es tuyo. Pero tienes que volver a buscarlo cuando lo puedas defender de los que van a querer quitártelo. Que será prácticamente media humanidad.

Se ponen de pie al mismo tiempo. Maceta camina hacia las escaleras, pero se detiene antes de ascender a la superficie con una última pregunta.

—¿Qué vas a hacer ahora?

Oviedo le sonríe.

—He estado abonando a lo que debo todos los días desde hace once años—dice—. Es hora de cancelar el balance pendiente.

❧

Cuando queda otra vez solo, Oviedo abre otra caja que tiene aún más escondida que la del tesoro y saca su uniforme militar. Procura unas tijeras, jabón, una navaja de afeitar.

¡Ya estamos en la recta final! Nuestra historia casi llega a su desenlace. He sudado la gota gorda yendo de atrás para adelante y de adelante para atrás, y es que no hay nada peor que contarles algo a dos muchachitas viejas tan necias y engreídas como ustedes dos. Debería ponerlas a vivir dos o tres días en el barrio de mi historia, para ver si el gas pela, o matricularlas un semestre en la escuela de Maceta, que todavía existe, y con el maestro Reyna como director, como si fuera poco, que siempre se puso donde el guardia lo viera.

Sacarlas, patadas, de donde se han acomodado. Exponerlas a problemas que realmente valgan su peso en lágrimas, para ver si dejan de derramarlas cada vez que se les rompe la pantalla del iPhone y yo me niego a costear su reparación. Tirarlas al medio, a la candelá, a ver si por fin aprecian lo que tienen y cuánto nos ha costado conseguirlo, porque el viajecito de abajo para arriba es duro y trabajoso y se completa en dos o más generaciones… pero el de arriba para abajo es un cachú, y lo pueden hacer sin escala en una sola generación.

Como no puedo poner ese plan ejecución, puesto que el consentidor papá de ustedes dos se opondría, tengo la esperanza de que mi cuento permita que aprendan en cabeza ajena, contraviniendo lo que dicta el proverbio.

Imagino que ambas estarán satisfechas, pues ambas han obtenido del relato exactamente lo que querían. Lamento decirles, sin embargo, que ahora voy a meterme en agua profunda y revelarles un par de cositas que no querrán oír, pero que tendrán que oír.

Dicen que para aprender a cruzar un río hay que darse de cabeza contra la laja.

Esta es la laja.

♣

Evelio siempre fue poquito, tímido, llorón, pendejo, no como su padre, Gregorio, hombre de acción, conversador, simpático, decidido. No debió morir tan joven, don Gregorio, según la opinión de algunos y, si debía morir, debió morir intestado, según la opinión de todos. Su único hijo, Evelio, heredó negocios que no sabía correr, una fortuna que no supo retener, y una reputación que no podía mantener.

♣

Parado en el pasillo que conecta la cocina con la sala, Evelio Méndez mira jugar a sus tres hijos. La suya es una vivienda modesta, decente, con las comodidades del mundo moderno: lavadora, secadora, nevera, radio, televisión a color.

Teléfono.

Evelio se acerca a una mesita en la que hay un teléfono negro de disco.

Evelio marca un número.

☙

—Sí, buenas—dice en el aparato—, comuníqueme con el Sr. Molina por favor… dígale que es Evelio. Gracias…

Los hijos de Evelio ríen. Uno de ellos protesta. Otro de ellos concilia.

—Buenas tardes para usted también—dice Evelio en el teléfono y suspira—. Sí, sí…de hecho… de hecho. Lo he pensado muy bien… Claro… No hay ningún problema… Si quiere puede pasar ahora mismo y finalizamos nuestro…

Evelio iba a decir "negocio", pero su lengua se niega a articular la palabra.

—Excelente—dice Evelio y cuelga el auricular.

☙

Evelio cierra los ojos.

—¿Cariño mío…?—llama Evelio hacia los niños. De los tres, solo una figura responde a ese arrumaco, se separa de sus hermanos menores y se acerca a Evelio.

—¿Sí, papá?—dice Lucía.

—Ve cámbiate, ponteme linda. Vamos a salir a dar una vuelta.

❧

Molina cuelga el teléfono, lo vuelve a levantar y disca un número.

—¿Horton?… ¡Felicidades!… ¿Que te dije?… No, no, te veo en media hora… El hoyo de siempre… Nah, necesito volver temprano; los chinos vienen en la noche, pero gracias por la invitación… Todos los chinos. Está cerrado eso ya mi hermano… Claro. Nos vemos en un rato.

Molina cuelga el teléfono, feliz como la lombriz que es.

❧

Pero Mingo entra en la oficina y se para delante de Molina. Molina lo mira.

—Jefe…

—Dime, Mingo…

—Tenemos un problemita.

❧

No hay ni una sola mujer en el Molina Sports Bar & Casino.

—¿Ni una?—pregunta Molina, alarmado.

—Ni una—responde Mingo.

Ni una. Todas se miraron en el espejito espejito de Clarisa y Melisa y se dieron cuenta, de manera sorpresiva y simultánea, que no querían volver, ni volverían por nada del mundo, a dejarse samar por borrachos y gordos con bajo a boca.

—Bueno…—recapacita Mingo—. La Chachi está ahí.

Mingo apunta hacia una mujer esquelética y fea que los saluda con indiscutible putería. Molina cierra los ojos y respira hondo.

—Chachi ni siquiera trabaja aquí, Mingo.

—Perdón, jefe.

—¿Cuántas veces te tengo que decir que no la dejes entrar?

—Yo sé jefe… pero pensé que en estas circunstancias…

Molina se chupa el labio superior con frustración.

—No tengo tiempo para esto ahora. ¡Encuéntralas!… ¡A todas! ¡Y tráemelas antes de que se ponga oscuro!—ordena Molina y se aleja zapateando fuerte.

—Sí, jefe.

—¡Y sal de Chachi!—grita antes de perderse por el túnel que conecta con su oficina.

♣

Con cara de pocos amigos, Inma se apea de una guagua. Está hecha una furia, está endiablada. Camina echando fuego. Quienes la conocen se hacen a un lado. Quienes no la conocen también. Esto no se sabrá sino hasta mucho después, pero por donde pisó Inma ese día no creció más la yerba.

♣

Inma pasa por delante de un colmadón del que emerge, en ese momento, una fuerte risotada. Se detiene en seco. Conoce esa risa. Inma cambia de dirección y enfila hacia el establecimiento.

Allí, Raúl bebe una cerveza mientras conversa muy íntimamente con una hermosa y voluptuosa muchachona. Están sentados delante de la barra en la que hay otros hombres bebiendo, fumando, departiendo. Inma lo ve todo desde la calle y se les acerca sigilosa.

—Eso no es verdad…—dice Raúl, juguetón, su rostro sobre el rostro de la mujer.

—Ay, sí…—responde la mujer, provocativa.

—No.

—Sí.

Inma casi ha llegado a la puerta, pero la pareja está tan absorta en su cuchicheo que no la ve venir.

—Yo quiero verlo—dice Raúl.

—Y yo te lo quiero enseñar…—dice la mujer.

♣

Lo que sucede a continuación ha sido preservado para la posteridad en la mitología oral del barrio y conocido hasta el día de hoy como "la vez que Inma le dio a Raúl hasta dentro del pelo".

♣

Inma entra al lugar y lo primero que hace es agarrar la botella de cerveza de Raúl y rompérsela en la crisma.

Al instante la mujer que bellaqueaba con él grita como una poseída y sale corriendo.

Los demás concurrentes dejan de beber, dejan de fumar y dejan de departir para atender lo que hace Inma a continuación, que es sujetar a Raúl por los moños y arrastrarlo hacia la calle.

Raúl, sobra decirlo, no es bien querido por la comunidad, cuyos miembros, en su gran mayoría, siempre se preguntaron qué le vio Inma o qué le hace a Inma para que Inma le aguante tanta mierda. Lo digo porque, de aquí en adelante, todo lo que pasa pasará en medio de una algazara ensordecedora y en el centro de un tumulto humano que los circunda y se mueve con ellos calle arriba, como un siempre cambiante e inestable caleidoscopio. Todos le echan hurras a Inma y la animan para que zurre bien a su despiadado marinovio buenoparanada.

Inma sale con Raúl a la calle, arrastrándolo por los cabellos. Raúl sangra profusamente de la herida que tiene en la cabeza. Está mareado y desorientado. Cuando Inma le suelta el pelo, Raúl cae de espaldas al suelo con las piernas abiertas. Inma, ni corta ni perezosa, le pisotea los testículos con el tacón de su zapato, apoyándose con todo el peso de su cuerpo.

La muchedumbre vitorea enardecida.

Inma entonces le desabrocha el cinturón a Raúl y se lo quita de los pantalones. Lo dobla y empieza a azotar al hombre con una pasión y un goce tan ciertos, que la muchedumbre hubiera quedado paga si Inma lo hubiera dejado hasta ahí.

Pero Inma no está ni cerca de sentirse satisfecha.

Raúl recibe correazos en todas partes: en la espalda, en el pecho, en la cara… Trata de escapar y se lleva de encuentro unos tanques de basura. Inma suelta el cinturón, agarra la tapa de uno de los tanques y la descarga sobre la cabeza de Raúl. La multitud aplaude y vitorea y cuenta cada ramplinazo que le mete Inma con la tapa del zafacón.

¡Uno!

¡Dos!

¡Tres!

¡Cuatro! ¡Cinco! ¡Seis!

¡Siete, coño!

♣

Ahora Raúl encuentra y agarra un palo, una rama podrida de una mata de nísperos que había por allí, logra ponerse de pie, e intenta darle con el palo a Inma. Y le hubiera dado, si no fuera porque está bizco todavía por el botellazo y la patada en los granos y los correazos y los siete ramplinazos que ha recibido con la tapa del zafacón; Inma no solo lo esquiva con facilidad, sino que le conecta un derechazo en la mandíbula que lo manda otra vez para suelo.

Entre los curiosos que la animan y aplauden hay un vendedor de escobas de charamico.

—¡Genaro!—lo llama Inma.

El vendedor se anticipa a sus deseos y le pasa una de sus escobas. Inma, transformada ahora en bruja fiera, se acerca a Raúl y le toma la medida de las costillas con la escoba hasta romperla. La gente la aclama y aplaude.

Gateando por la calle, Raúl logra ganar algo de distancia. Inma lo sigue, calmadamente; tira la escoba a un lado y lo patea en el trasero. Raúl cae de cara en un lodazal.

La muchedumbre, mientras tanto, no para de crecer.

Inma y Raúl finalmente se detienen cerca de una cuneta en la que yace el hinchado cadáver de un viralata que no miró antes de cruzar, y que el gentío sabiamente evade mientras sigue a la pareja. Raúl trata de ponerse de pie, pero no puede, y sigue arrastrándose como la culebra de pastizal que siempre ha sido.

Inma se percata de los despojos perrunos y camina hacia allá. La muchedumbre, adivinando sus intenciones, enloquece, redoblando el volumen de su algarabía. Inma recoge las patas traseras del perro, asegurándose de tenerlas bien asidas, y camina con los tumefactos restos hacia Raúl…

¿Qué se puede decir de un hombre al que salsean en público hasta con un perro muerto?

♣

Nadie volvió a ver a Raúl por el barrio nunca jamás.

♣

Mientras Inma salseaba a Raúl en las afueras del barrio—allá por donde se paran las guaguas y los motoconchistas esperan pasaje bajo la sombra—Mingo y una docena de tígueres recorren la calle de Maceta.

Pasan por donde Tomás y Simón, que dejan de agitar la bola ocho para ponerse a mirar la malévola procesión de hombres con machetes, garrotes y bates. Caminan por donde Jacinto y Eneida, frente a cuya casa, en una pequeña cancha improvisada, interrumpen un animado partido de baloncesto, apartando a los jugadores que se interponen en su trayecto.

El aire zumba con el pajarerío que a esa hora acude a llenarse el buche en los comederos de Mercedes, la costurera, y que, interpretando instintivamente la naturaleza depredadora de los invasores, los caga en abundancia. Los matones agitan las manos como quien sacude mosquitos, y se encorvan y corren como aquel a quien lo ha sorprendido una jarina.

Las flores sembradas en latas viejas y tarros proponen a los ojos de los matones una explosión de colores—y olores—que los enceguece—y tupe—aparte de que no saben qué diablos es esa música que sale de alguna de las casas y que les hace fuerza a sus cuerpos, metiéndoles un vaivén en las caderas y un swing en el paso que no compagina con la violencia de sus intenciones. Por eso es que, confundidos y desorientados, tumban los tarros, patean las flores y uno de ellos se mete en casa de don Jorge Aníbal y le rompe el tocadiscos.

❧

La marcha de Mingo y sus matones arriba a su destino en casa de Inma. Debajo del tamarindo, las gemelas han organizado una escuela de "estética y belleza". Todas las chicas del prostíbulo están tomando clases, paradas detrás de clientas voluntarias que les explican cómo quieren el pelo. Mingo y su trulla irrumpen abruptamente y empiezan a causar estragos, agarran a las chicas violentamente. Se arma un gran alboroto.

Las chicas se defienden valientemente, pero los matones de Mingo las someten, desbaratando todo a su paso. El barrio se aglomera alrededor del escándalo, pero nadie se atreve a intervenir. Al poco rato se detiene frente al lugar una camioneta con la cama cubierta por una lona verde.

Mingo y sus hombres suben a las chicas en el vehículo a la fuerza. Varios de ellos las acompañan y cierran la portezuela de la cama. El resto se dispersa a pie.

♣

Mingo se sube al asiento del pasajero y le habla al conductor.

—Dale rápido, que estas pendejas tienen que llegar al trabajo.

Al conductor se le hace difícil responder, si no imposible, debido al tajo limpio que le cercena la garganta y los borbotones de sangre que le salen por la boca.

—¡La creta!

Alguien abre la puerta del pasajero y agarra bruscamente a Mingo por el cuello, sacándolo de la camioneta. Mingo, explayado sobre el suelo, rápidamente intenta incorporarse y se topa con un hombre vestido de fatiga militar blandiendo un puntiagudo y afilado colín en cada mano. Mingo recula y los matones que lo acompañan rodean al loco con palos y piedras.

A estos, Oviedo los va reduciendo uno por uno con frialdad y precisión; los despacha fácilmente, no hay que entrar en detalles. Baste decir que rodó una cabeza y un par de orejas, y muy pocos dedos quedaron adheridos a las manos a las que pertenecían.

Pero los que habían subido con las mujeres al camión, bajan ahora, y estos sí vienen armados con machetes de desyerbar monte.

Las chicas se asoman, pero tienen demasiado miedo para apearse. Comienza entonces una pelea feroz y desigual. Nadie hace ruido, solo se escucha el quejido de quien recibe alguna herida. Oviedo soporta algunos cortes—en el pecho, en el brazo izquierdo, en la cara, en una pantorrilla—pero con habilidad marcial va despachando a sus enemigos uno por uno.

❧

El estilo de Oviedo muestra un buen balance de estocadas, cortes y fintas. Entraba en el espacio del opositor con una finta y salía al instante, confundiendo al enemigo que tenía en frente y obligándolo a bloquearle el colín de la izquierda, momento que Oviedo aprovechaba para apuñalar al adversario que tenía detrás con el colín de la derecha.

Sus oponentes solo podían ofrecerle cortes, limitados

como estaban por los curvos machetes de faena. Para realizar un buen corte hay que prepararlo: mover el machete hacia atrás, en cualquier ángulo, y dejarlo caer hacia delante. No hay manera de esconder la intención. En el momento en que su enemigo replegaba el brazo con el machete, Oviedo ya sabía que debía prepararse para un golpe; y desde que ese mismo enemigo dejaba caer el brazo hacia adelante con fuerza, viniera por donde viniera, la inercia obligaba al machete a comprometerse con esa trayectoria y con ninguna otra. Oviedo calculaba donde caerían los machetazos varios segundos antes de que cayeran. Desde su perspectiva, sus oponentes peleaban en cámara lenta, agobiados bajo el impulso de lo que era, después de todo, no un arma, sino un apero de labranza.

El colín, por el contrario, le permitía a Oviedo sajar y apuñalar. Y para apuñalar no hay que levantar el brazo y dejarlo caer. Una buena estocada se realiza recogiendo el brazo hacia el abdomen propio y estirándolo hacia adelante, hacia el abdomen, extremidad, garganta, o rostro del contrincante. Pero recoger el brazo hacia adentro puede también ser el origen de un buen corte, y los tígueres de Mingo no sabían qué esperar de Oviedo cada vez que se encogía como un cucurucho, porque lo mismo tiraba una estocada que un tajo.

Y así los mató, uno a uno.

☙

Solo un oponente queda en pie, Mingo.

Y Mingo no anda con ningún machete, sino con un largo y afilado lengua de mime.

☙

Mime es la palabra taína para la mosca de la fruta o Drosophila.

Lengua es un hidrostato muscular móvil, impar y simétrico, localizado en la boca para asistir en los procesos de la salivación y la deglución de los alimentos.

Lengua de mime es una daga ligera con una longitud variable entre la del puñal y la del florete; de hoja rígida, afilada de un lado o de doble filo; con guarnición simple, y larga empuñadura de resina transparente que recubre un mango cilíndrico decorado con tres colores: rojo, blanco, y negro, en ese orden, desde la guarnición al pomo.

☙

El lengua de mime de Mingo poseía todas estas características y ostentaba además una acanaladura para la sangre del oponente. Se lo regaló el hermano de una novia haitiana que tuvo años atrás cuando tuvo que ir a esconderse por un tiempo en Croix Hilaire.

Matar a Mingo no será sencillo.

☙

Oviedo y Mingo se estudian mutuamente por varios instantes.

Oviedo sangra profusamente por sus múltiples heridas, pero su cara no muestra preocupación ni dolor. Mingo está fresquecito, pero luce furioso y desesperado. Entre fintas y estocadas y tajos bien ejecutados, pasa media hora. Es una batalla técnica y sumamente aburrida.

♣

Después de media hora, a Mingo se le termina la paciencia y empieza a cometer errores. No hay nada peor que forzar la conclusión de una batalla y quien primero lo intenta de seguro pierde. Esta es la parte del combate que más cautiva a los espectadores y en una pelea de boxeo se alcanza más o menos a partir del sexto asalto.

Sin duda alguna, Mingo y Oviedo son idénticos en habilidad, entrenamiento y destreza. En ese aspecto nos enfrentamos a un equilibrio improductivo, una perfecta cancelación de fuerzas a partir de la cual ninguno podría salir victorioso. La pelea, entonces, necesariamente pasa a un plano mental. Es aquí donde todas esas variables independientes de la destreza física empiezan a ganar peso y a romper el equilibrio a favor de uno de los dos contrincantes.

Mingo está desesperado. No puede explicarse cómo un solo hombre, chiquito y viejo, ha logrado apuntarse a todos sus muchachos. No puede explicarse cómo es que lleva más de media hora sudando y no podido matarlo todavía. Su cabeza empieza a distraerse contemplando todas estas incertidumbres.

Oviedo está loco y no piensa nada.

♣

Arremetiendo el uno contra el otro, Oviedo y Mingo terminan en un abrazo sangriento. Sus rostros se tocan. El del loco, inexpresivo. El del hampón, sonriente.

Lentamente se separan. Oviedo es el primero en relajar su abrazo y suelta a Mingo, que comienza a vomitar sangre. Y no es para menos, puesto que el colín de Oviedo le atraviesa el abdomen.

Mingo cae muerto, traspasado como un yaniqueque.

♣

Nadie vitorea.

Oviedo se mira el vientre, en donde tiene clavado, hasta la guarnición, el lengua de mime de Mingo.

Deja caer sus colines y sin ninguna expresión, como si no sintiera nada, ni le doliera nada, y nada realmente estuviera pasando, se saca el lengua de mime de un halón certero. Su mirada empieza a apagarse. Cae de rodillas primero y luego da con el rostro en el suelo. Todas las mujeres se bajan de la camioneta y rodean a Oviedo, lo ponen boca arriba, a ver si vive, notan que agoniza. Le acarician el rostro, lo abrazan, lo miman, valquirias tropicales que reciben—o despiden—al valeroso guerrero. Oviedo muere en sus brazos esbozando una tenue sonrisa.

♧

Y mientras Inma castigaba a Raúl, y Oviedo perdía la vida, Maceta regresaba de la casucha del Loco Abril atravesando el campo de golf.

Se está haciendo tarde.

Maceta se detiene. Inclina la cabeza. Lo que está presenciando es imposible.

Ante él hay un arcoíris que termina justo en una trampa de arena… Pero los aspersores no están activos.

El cielo está despejado.

♧

Maceta camina hacia la trampa de arena y se para justo donde termina el arcoíris.

Se arrodilla. No tiene pala, solo sus manos.

Empieza a cavar.

1965/1976

Virgen Inmaculada no era, vamos a empezar por ahí, y Melisa y Clarisa sabían cuando debían esperar fuera de la chabola hasta que su hermana les dijera que podían entrar, incluso cuando pareciera que le estaban haciendo daño y sobre todo si parecía que la estaban matando. Pero en ninguna ocasión previa Inma había durado tanto en permitirles la entrada.

Melisa y Clarisa ya no saben con qué más entretenerse: han jugado jacks, han jugado al trúcamelo, han jugado canicas, han jugado al un-dos-tres-mariposita linda es, se han hecho adivinanzas, se han hecho chistes, han jugado charadas…

No se atreven a tocar la puerta

Ni locas se atreven a tocar la puerta.

♣

Adentro, Inma y Puro se han pasado el día desnudos,

haciéndose el amor cada vez que le vuelven las ganas, y cada vez que intentan vestirse los derriba una pereza invencible. Así, pues, remolonean sobre una colcha raída tendida en el piso, jugueteando, poniéndose las manos, pellizcando, riendo, acariciando orificios, protuberancias, masas, planicies, colinas, torres, valles, ensenadas, deltas, bahías, penínsulas, islas, llanuras y demás geografías de fácil doble sentido, que ustedes pendejas no son.

Pero cae la tarde y el momento más triste ha llegado. Ninguno quiere decirse adiós, pero decirse adiós es lo que toca y empiezan a vestirse.

Finalmente vestidos, se colocan uno delante del otro: Puro, valija en mano, listo para irse; Inma con el rostro recostado sobre su pecho, lista para dejarlo ir. El adiós de los amantes es así de agridulce, porque en él se combina la amargura de la partida y la dulzura del futuro reencuentro.

§

Molina vigila la casa de Inma escondido detrás de una pared de zinc. Horton se le acerca por detrás.

—¿Nada?

Molina niega con la cabeza y pregunta:

—¿Qué con Oviedo?

—La loca de inteligencia fue a ablandarlo hace un par de horas... Así que ya veremos.

Horton mira a su alrededor, embelesado ante la miseria de las casuchas, prácticamente integradas al inmenso vertedero.

—¿Sabes lo que necesita este lugar?—le pregunta a Molina.

—¿Qué?

—Un lanzallamas.

Molina se ríe.

—Con mucho gusto yo mismo lo operaría—dice.

—No lo dudo.

—Odio este sitio…—confiesa Molina—. Odio a esta gente. Lo único que hacen es quejarse y sufrir y comer y pedir… y singar y parir.

Horton sonríe, pero Molina está muy serio.

—Así que si alguna vez consigues ese lanzallamas… búscame.

—Quizás con una niveladora y un rodillo…—murmura Horton para sí, manoseando una idea en privado—. Salir de todas estas casuchas con un bulldozer; un gredar para dejarlo nítido… Había un lugar como este en Mackinaw. Se llenó a tope, claro… De basura, no de gente; los americanos tenemos dignidad, no como aquí. Un basurero siempre se llena, llega un momento en que no resiste más, y nadie sabe qué hacer. Llegó entonces un tipo y se lo compró al estado. ¡Por una miseria, claro! Bueno, para el estado es un alivio deshacerse de esa llaga en el panorama.

Molina mira a Horton sin entender de qué habla.

—Y lo que hizo el tipo fue que trajo un montón de bulldozers y lo cubrió todo con gravilla, y la gravilla la cubrió con tierra. Cuando terminó, aquello parecía una montaña común y corriente, ¿no? Pues cada maldito invierno esa montaña se llena de nieve y se vuelve una pista de esquí. ¿Qué te parece?

Horton se ríe.

—Eso es lo que se llama pensar con la cabeza. El tipo se hizo millonario.

Horton calla y Molina observa.

—Aunque aquí no hay invierno, claro está—vuelve Horton a pensar en voz alta—. No cae nieve, quiero decir.

Molina abre los ojos, incrédulo.

—Pero estoy seguro de que se puede aplicar el mismo principio—sigue murmurando Horton perdido en su ensoñación—, y ponerlo al servicio de un deporte… más primaveral.

Molina manotea a Horton en el brazo hasta sacarlo de su fantasía.

—Salió de la cueva el conejo.

Efectivamente. Horton mira hacia la casucha de Inma y ve a Puro salir, mirar a su alrededor y alejarse caminando.

—Lo sabía—sentencia Molina, triunfal, y desenfunda su pistola. Horton lo imita. Se encaminan ambos hacia la presa.

$\clubsuit$

Puro camina cauteloso por entre los callejones y pasillos de la barriada.

Un silbido, como el que se usa para llamar a un perro.

Puro se da la vuelta y ve a Molina y a Horton apuntándole con sus armas.

—¡Alto ahí!—le grita Molina.

Puro empieza a correr. Sortea los callejones con Molina y Horton pisándole los talones. A toda carrera por el enrevesado laberinto de miseria.

Puro corre por su vida, quitando del medio a personas y saltando obstáculos. Horton y Molina hacen lo mismo. Puro llega a un callejón sin salida, se sube por encima de una casucha y salta hacia el vertedero.

♣

La gente que no sabe nada de nada asocia la basura con ratas. Otros, que saben menos, la asocian con cucarachas. Pero en el trópico la basura no es sinónimo ni de ratas de ni cucarachas, sino de garzas.

A las garzas les encanta un basural, un mierdero, un muladar. Tan lindas que son en pleno vuelo, y hasta de cerca, con ese plumaje blanco e impoluto, y esa cresta amarillo pollito, y esos cuellos largos, replegados sobre sí mismos cuando camina el plumífero, alargado y recto cuando vuela. Y a esta bestia alada no le hablen de ir a buscarse el sustento en una laguna, o en un humedal, o en los manglares, o en el lomo de las reses cundidas de garrapatas. Para ellas nada se compara con un buen basurero.

Cuando Puro se mete al vertedero, una inmensa bandada de garzas se asusta y levanta el vuelo. Tantas son, que todo lo que hace Puro de aquí en adelante, lo hará bajo la sombra que proyectan mientras vuelan de un lado del basurero al otro.

♣

Puro es un punto diminuto en la inmensidad de aquel mar de basura, oscurecido por un cumulonimbo de garzas.

Horton y Molina lo siguen de cerca.

Puro corre entre montañas de desperdicios.

Escala, se cae, se levanta, resbala, rueda, se desliza, pero sigue corriendo.

Horton y Molina llegan a un claro. Parecería que lo han perdido.

—¡Ahí!—señala Molina a Puro escalando una meseta de basura.

—¡Espera!—sugiere Horton—. Separémonos.

Horton y Molina se van en direcciones diferentes rodeando el lugar donde vieron a Puro para atraparlo en una pinza.

Molina y Horton avanzan entre la basura.

Puro, mientras tanto, se apoya de una vieja bicicleta para asomarse por encima de una loma de cartones. La cadena de la bicicleta se desprende y cae sobre el suelo, en donde permanecerá hasta que, una década más tarde, Maceta la desentierre y se la otorgue a Chago.

Horton dispara y falla. Puro se agacha y camina en cuclillas. Mientras lo hace patea una "Bola 8 Mágica", que rueda hasta ocupar el lugar del que no se moverá hasta ser descubierta años después por Maceta, y que mediará en los constantes malentendidos entre un padre y su hijo.

Puro corre como loco, metiéndose cada vez más profundamente en el vertedero, donde es más espesa y variada la aglomeración de inmundicias, impidiéndole correr sin tropezarse o enredarse o hundirse.

Mete el pie en un aro de baloncesto y cae. Se levanta, corre y más adelante patea un comedero de pájaros, lastimándose el dedo gordo del pie. Cojeando avanza todavía más y resbala sobre un montón de discos de vinilo. Se incorpora, avanza gateando y se asusta ante el reflejo que le devuelve la superficie metálica de un extraño espejo, incrustado entre tapicerías desconchadas y empaques podridos.

♣

Y así por el estilo.

♣

Puro sigue huyendo, ve a Horton venir hacia él y se devuelve. Se escucha un disparo. Puro sigue intacto, pero ve a Molina que viene por el otro lado. Está atrapado.

Puro mira a su alrededor, ve una vieja estufa, corre hacia ella y la abre, mete dentro del horno la valija y sigue corriendo, distanciándose lo suficiente como para despistar a sus perseguidores, que sin duda lo atraparán, es cuestión de tiempo.

De hecho.

Puro rodea una loma de basura y se encuentra de frente con Molina, apuntándole con la pistola. Se da la vuelta y ahí está Horton. Lo tienen.

Puro jadea, está exhausto. Horton y Molina también.

PEDRO CABIYA

—¿Dónde está?—pregunta Molina, sin aliento.

—¿Dónde está qué?—dice Puro.

Se escucha un disparo y Puro dobla el cuerpo, agobiado por el dolor, y cae de rodillas, para acto seguido desplomarse bocabajo. La pistola de Horton, apuntándole a Puro, aún humea. Molina está escandalizado.

Horton se acerca a verificar que Puro está muerto.

Lo mueve con un pie.

—¿Por qué carajo hiciste eso?—pregunta Molina, colérico.

—Bueno…

—¿Cómo que "bueno"?

—Misión cumplida.

—¿Misión cumplida?…—repite Molina y luego, gritando—, ¿Misión cumplida?

—Mi misión, al menos—dice Horton, desafiante—. Y entiendo que la tuya también, si no me equivoco.

Molina está desesperado.

—¿Y ahora cómo vamos a encontrar el dinero?

—Cálmate.

—¿Que me calme? ¡Hijueputa! ¿Que me calme?

—Cálmate. En esa bolsa no había nada—explica Horton.

Molina luce ahora confundido.

—¿Cómo?

—Al menos nada de valor.

Molina mira a Horton sin entender nada. Horton le habla a Molina con un cierto aire de superioridad. Molina no puede evitar sentirse como un imbécil.

—No había ningún dinero… ni oro. Era todo una farsa, una trampa… para hacer que los topos sacaran la cabeza.

Horton camina, abandonando a Molina. Ha terminado su trabajo. Molina, sin embargo, no puede dejar de mirar a Puro. Está horrorizado. Horton se para detrás de Molina, esperándolo.

—Ven. Vámonos.

El rostro de Molina se endurece.

—Se supone que lo íbamos a dejar vivo. Me lo prometiste. ¿Cómo le explico yo esto a mi mamá ahora, Horton? ¿Qué le digo yo a mami ahora?

♣

De cada gallo un pollo.

♣

—¿Yo que sé…? La verdad, ¿quizá?…

—La… la verdad—tantea Molina.

—Seguro.

—Y… ¿cuál es la verdad?

Horton se impacienta.

—Que murió en combate… esto es una guerra, ¿recuerdas? Ni es el primero ni será el último. Otras mamás también han llorado a sus hijos, de uno y otro bando, ¿por qué iba a ser la tuya una excepción?

Molina se le acerca a Horton.

—¡Me mentiste! ¡Yo contaba con ese dinero! ¡Me dejaste creer que había dinero! ¡He hecho mucho por ustedes! Si hubiera sabido que…

PEDRO CABIYA

Mientras caminan, Horton lo abraza fraternalmente por encima del hombro.

—Tranquilo, tranquilo. Créeme que serás ampliamente recompensado por el Tío Sam por tus extraordinarios servicios.

♣

Horton está apoyado en su carrito de golf fumando un cigarro. Otro carrito se acerca, aún distante. Horton tira el cabo del cigarro al suelo y lo pisa. El carrito que se acerca se detiene cerca del banderín que marca el hoyo nueve.

Molina se apea y le estrecha la mano a Horton. Con un gesto de la cabeza y una sonrisa en los labios le señala al capitán lo que acaba de traerle.

—Tal como acordamos...

Caminan juntos hacia el carrito, sentada en el cual está Lucía con un vestido muy lindo. La niña mira a los hombres con el ceño fruncido. Horton la mira con hambre vieja y le palmea la espalda a su compañero.

—Te has superado, amigo mío.

Ríen maliciosamente.

—Me quiero ir a casa—dice Lucía sin mirarlos.

—Yo mismo te llevaré a casa muñeca... en un rato.

Horton y Molina caminan juntos hacia el hoyo. Horton se prepara a hacer un putt.

—¿Cuadramos entonces?—pregunta Molina.

—Yes, sir. Indeed.

—Así que puedo esperar...

—Puedes esperar mi apoyo financiero incondicional y un triunfo amplio e incuestionable en las futuras elecciones, todo pago por un servidor.

Se estrechan las manos entre risas.

A lo lejos, detrás de Molina, algo llama la atención de Horton, que corre de vuelta a su carrito y toma sus binoculares.

—Ah, caramba…—dice.

Lejos de los hombres, Maceta está arrodillado en una trampa de arena, cavando.

❦

Maceta retira los últimos puñados de tierra y considera lo que acaba de encontrar: la puerta del horno de una vieja estufa.

❦

Maceta no sabe qué hacer. Mira a su alrededor. Vuelve al hoyo y mete la mano, hala el manubrio, pero la puerta está atorada. Hace un gran esfuerzo, pero la puerta no cede. Tiene medio cuerpo metido en el hoyo halando con todas sus fuerzas… el horno finalmente abre.

Dentro hay algo. Maceta mete la mano y lo saca.

La vieja valija de Puro es sumamente pesada.

Al mismo tiempo el cañón de una pistola se posa en la cabeza de Maceta.

❦

—Vaya, vaya—dice Horton—, mira lo que tenemos aquí… encontré a nuestro topo gigante.

El significado de una pistola en su cabeza escapa a la inocencia de Maceta, así que se da la vuelta con normalidad para mirar a Horton de arriba abajo.

—Una cucaracha del barrio. Justo como lo sospeché.

—¡Maceta!—grita Lucía mientras corre hacia Maceta. Horton la intercepta.

—¿Maceta?—dice Horton, tratando de entender—. ¿Maceta?

Molina camina despacio hacia el chico. Horton por fin entiende y se echa a reír. Estudia al chico, sin quitarle la pistola de la cara.

—Pero claro. Si hasta tiene la misma cara—dice y luego a Molina—. Parece que tu hermano estuvo ocupado con las putitas del barrio antes de que yo me ocupara de él, ¿eh?

Molina llega hasta Maceta. Le arranca la valija de las manos y se aleja un poco; la abre y mira dentro.

—¿Qué es eso? ¿Qué hay?—pregunta Horton.

—¿Tú que crees, hijo de la gran puta?

Molina vuelve a mirar dentro de la valija para confirmar. Horton lo piensa un poco.

—¡Naahh!… No puede ser. How?—dice.

—Me dijiste que aquí no había nada.

—Whoa! ¡Espera! Nunca dije que no había nada. Dije que no había nada de valor.

—Ah, ¿sí? ¿Esto te parece a ti algo sin valor?

Molina le muestra a Horton la valija abierta. Horton echa un vistazo y se sorprende. Molina vuelve a retroceder.

—What the fuck is that?

Horton y Molina se miran por unos instantes tensos. Lucía sigue parada detrás de Horton. Maceta sigue arrodillado junto al hoyo. Molina cierra la bolsa, se acerca a Horton, toma a Lucía de la mano y se aleja.

—¿Qué haces?

Molina lo ignora.

—¡Molina!

Horton soba su pistola. Molina se detiene.

—Tráeme a esa muchachita de vuelta por favor—ordena Horton—, y muchas gracias por tus servicios, puedes retirarte ahora.

—Mis servicios...—repite Molina—. Mis servicios. No es la primera vez que te oigo decir eso.

Molina sigue de espaldas. Horton no logra ver cuando saca la pistola que lleva en el cinto del pantalón.

—Molina...

—¿Sabes algo, Horton?...—dice Molina, sonriendo—. Mañana nadie nos va a extrañar.

Molina se da la vuelta como un relámpago y dispara. Horton, por reflejo, dispara también. Lucía grita. Maceta corre hacia ella, y la cubre con su cuerpo. Horton vuelve a disparar. La bala alcanza a Maceta en la cabeza y se desploma sobre Lucía, que no para de gritar.

Molina sigue disparando y le da a Horton en el estómago.

Horton le da a Molina en el pecho. Heridos, siguen disparando hasta vaciar sus pistolas.

Ambos caen al suelo. Horton medio muerto; Molina muerto entero.

Unos instantes después, Lucía se sale de debajo de Maceta. Le voltea la cara y descubre su cabeza ensangrentada. Lo acuna. Llora.

♣

—Maceta… Maceta…—repite Lucía entre lágrimas. El sol se pone. Lucía llora con más ahínco.

—Perdón…—llora—. Perdón. No te mueras. No te mueras. Te quiero tanto…

Pero Maceta, ¡ay!, siguió muriendo.

Lucía lloró lo que tenía que llorar y ni una lágrima más. Se incorpora y sale disparada como la jonda del diablo a buscar ayuda.

Al poco rato acude al campo de golf todo el barrio… Bueno, a ver: todos los moradores de la calle donde vivía Maceta, sus más importantes beneficiarios delante, en una procesión encabezada por una muy desmelenada Inma y unas muy histéricas Melisa y Clarisa.

Inma se tira al suelo y sus hermanas con ella. Los demás las rodean. Como hacen los búfalos de agua para proteger a sus crías de los ataques de leones y leopardos. Solo que aquí la presa ya ha sido abatida. Nadie parece notar los otros dos cuerpos.

Tenía razón Molina.

Inma carga a su muchacho y encabeza la procesión de regreso.

♣

El hospital más cercano es de gente rica... Bueno, a ver: digamos que no es un hospital para gente pobre. Pero no hay más remedio; hacia allá se dirige la comitiva.

El personal de emergencia se moviliza, pero ningún doctor está dispuesto a zambullirse en aquel bajo a pobreza que huele a cartón mojado, a gongolí, a polilla.

Ya viene un médico, ya casi, insiste la enfermera. Pero ningún médico viene y Maceta muriéndose.

Y no se sabe si es que realmente han sido avisados de que hay un niño con un balazo en la cara y declinan la amable invitación, o si el mismo personal de emergencia, arrogándose deberes de mayordomía, ni siquiera molestan con la noticia a los señores.

Lo cierto es que Inma, las gemelas, y los demás, arman un ameno reperpero. Alguien ofrece pescozones; otro mejora la oferta y aconseja pegarle fuego al lugar. Uno más se lamenta del ínfimo destino que le ha tocado al linaje de los Maceta, de quién Ángel es el último bastión.

En un pasillo interior, una doctora que sale de su consulta en ese momento levanta la cabeza al escuchar ese apellido, que no anda por ahí choreto como el Rodríguez, el Pérez, el González, el Fernández, o el Martínez, perteneciendo más bien a la reducida cábala de los Brazobán, los Espíritusanto, los Palofuerte, los Roca, pues los cimarrones se bautizaban a sí mismos, horros de adoptar el nombre de sus atormentadores.

El suyo es de ese mismo sabor. La doctora Esmeralda Ruiz Palenque, que estudió y ganó sus grados académicos en la Universidad de Stalingrado con una beca deportiva, se abre paso entre el personal que se arremolina en la puerta de la sala de emergencias. Ha ganado peso. Sus días de campeona de ping-pong han quedado atrás, pero lo único que ha perdido es la figura, no la memoria, e irrumpe en la sala de emergencia como un deslave.

✣

Con Maceta interno y estabilizado, la mayor parte de la comitiva regresa al barrio. Se quedan Inma y sus hermanas. Mercedes se lleva a Amparo para su casa. Lucía pelea por quedarse también, pero pierde. No se ha separado de su amigo ni un segundo. Ayuda en lo que puede y no para de hablarle a Maceta, reconfortándolo.

A su casa no puede regresar; no por ahora.

Otra tragedia la aguarda allá: Evelio se dio cuenta—demasiado tarde y, ¿acaso no es esta es la tragedia de todos los pendejos a la vela?—de que le sobró corazón para vender a su hija, pero para enfrentar a su esposa cuando llegara del trabajo le venían faltando dos o tres quintales de cojones.

Así que se pegó un tiro en el cielo de la boca.

♣

Luego de que recogieran a Maceta en el campo de golf, Lucía se ocupó de recuperar su mochila, abandonada sobre el árbol caído donde siempre la ponía antes de saltar la verja. Se la colgó de la espalda y no había fuerza humana o divina que se le hubiera quitado. Ella era la salvaguarda de las posesiones de Maceta, punto y se acabó.

Cuando desvistieron a Maceta y lo colocaron en la camilla para llevárselo al quirófano, Lucía también se hizo cargo de su uniforme escolar—que dobló cuidadosamente y metió en la mochila—y de la extraña llave que tenía colgada en el cuello. Cuando los miembros de la comitiva que llevó a Maceta al hospital empezaron a retirarse a sus casas, Lucía los despidió como una gente grande, agradeciéndoles su solidaridad, apoyo y buenos deseos. Como si Maceta fuera su marido y ella estuviera despachando visita.

Los muchachitos untados y salidos del tiesto, de esos que opinan en conversaciones de adultos, o se invitan a las salidas de sus mayores, conocen bien estas dos expresiones: "los niños hablan cuando las gallinas mean", y "tú vas con los que se quedan". A Lucía no le tuvieron que decir la primera, pero hubo que modificarle la última y ponerla clara de huevo.

—Usted se queda, sí, con los que se van—le dice Eneida—. Recoja.

Duermen esa noche en casa de Inma: Eneida en el camastro de Inma, y Lucía en el cajón acolchado de Maceta.

En la distancia se escucha un rosario.

En el colmado, en el que guardan vigilia muchos de los consternados vecinos, don Tomás y Simón le preguntan a la bola ocho si se salvará Maceta.

La bola ocho ha dado la misma respuesta cinco veces consecutivas: *Las perspectivas no son buenas.*

Lucía se levanta temprano al día siguiente y se pone a hacer oficios antes de que Eneida despierte. Pone orden en la casita, busca agua en la llave comunal, prende el anafe. Eneida se para de la cama y la ayuda. Al rato aparecen Chago, Jacinto, Olivero y don Jorge Aníbal con café, pan, huevos, salami y yautías. Los grandes desayunan, pero Lucía no tiene hambre y se retira al cajón de Maceta.

Abre la mochila y se pone a leer el cuaderno donde su compañero registra la Historia Natural de un mundo privado, con taxonomías observadas y descritas, funcionamientos explicados, propósitos intuidos y hasta descubiertos. En el lenguaje rebuscado y falsamente científico de las entradas, Lucía puede reconocer, aproximadamente, el objeto real que las ha inspirado.

El objeto real, piensa Lucía.

¿Quién sabe si el objeto real es el que dice Maceta y es ella la que anda perdida en una ilusión, en un engaño; ella la que sueña? Un sueño plano que resulta del promedio de todos los extremos interesantes; una mezcla de gases que individualmente tienen personalidad, color, reactividad y fragancia única, pero que diluidos en la proporción que aportan a la formación del aire circundante resultan inertes, nobles, muertos. Un sueño mediocre, mediano, a mitad, ordinario, habitual, común, en el que las cosas son las cosas que son y se comportan como tal. Un sueño desprovisto de magia, de fantasía; un sueño en el que todas las normas son obedecidas porque no hay otro camino que no sea obedecerlas.

Mini Jacuzzi Personal, lee uno de los registros, y Lucía sabe que Maceta se refiere a la herrumbrada palangana donde solían bañarlo cuando era más pequeño. *Atabal de la reflexión* no es otra cosa que la lata de leche *Mílex* volteada boca abajo en la que se sienta por las mañanas a desayunar y a pensar en los disparates que seguramente piensa por la mañana mientras mira a los vecinos empezar su día. *Escopeta láser alienígena* seguramente es el nombre que le dio al gato elevado con el que muchas veces lo vio jugar, empuñando como un arma la torre por donde asciende la plataforma que levanta el vehículo.

De la mochila saca Lucía el uniforme escolar de Maceta y cuando va a guardarlo nota que hay algo en el bolsillo del pantalón. Lucía mete la mano y extrae un rarísimo objeto, entre artificial y natural, entre mecánico y simple, entre elemental y compuesto.

¿Qué tesoro es este?

Lucía consulta las fechas más recientes del catálogo y no encuentra nombre ni descripción que se le aproxime.

Su forma es cilíndrica. La mitad es blanca, la otra metálica. De la mitad blanca, de cerámica, sobresale un terminal de acero, y la mitad metálica, casi entera, está surcada por una rosca. En el medio hay una tuerca hexagonal.

Ninguna de estas partes se mueve.

Lucía se pone de pie y sale al encuentro de los adultos. Anuncia que saldrá unos momentos a tomar el fresco. Eneida le dice que claro, pero que no se aleje. Lucía cruza la calle y entra al Taller de Desabolladura y Pintura Lidio López Gutiérrez. Hay varios muchachos trabajando que la miran con curiosidad y sorpresa. Lidio también afana, aplicando ferré a una carrocería con la mano izquierda; la derecha, amputada a la altura del codo, le sirve de poco. O de mucho, sobre todo cuando la usa como ejemplo, como moraleja, o como carné de membresía de la exclusiva y pequeñísima cofradía de los hombres bravos.

—Cucuso—lo llama afectuosamente uno de sus empleados y Lidio, como saliendo de un trance, levanta la vista. Lucía le muestra la bujía, vertical entre las puntas del pulgar y el índice.

—Saludos, don Lidio—dice cortésmente la niña—. Por favor, ¿qué es esto y para qué sirve?

♣

Lucía escribe en el diario de Maceta:

Chispa portátil. *Elemento que produce el encendido de un motor, para que se mueva, de un sentimiento, para que se sienta, o de una idea, para que se multiplique. Posesión más preciada de Ángel Maceta, siempre en el bolsillo de su pantalón. Importante nunca dejar que caiga en las manos equivocadas.*

✿

Tres días estuvo Maceta al borde de la muerte. Y cuando despertó, la primera palabra que dijo fue mi nombre.

—Lucía… Lucía… Lucía.

Cｌ CLARISA, MELISA, INMA, Maceta y Amparo, la bebé, se fueron del barrio un domingo de ramos, después de misa. Amarraron todos sus motetes y féferes en una camioneta y cogieron las de Villadiego. Algunos de sus motetes y féferes, a decir verdad; la mayor parte de sus pertenencias las regalaron a quien las necesitara.

No fueron los únicos en irse. También nosotros nos fuimos; mami remató el negocio y nos mudamos una semana después de que le dieran de alta a Maceta. Se fue Mercedes, como ya había mencionado, y se fueron Jacinto y Eneida, con toda la familia.

Pero la miseria es una puerta giratoria. No pasó ni un día antes de que la vieja casucha de Inma volviera a estar ocupada, esta vez por una familia aún más numerosa… Y vuelven a cocinar en fogón bajo la sombra del tamarindo, y vuelve la ropa a los cordeles y vuelve y vuelve y vuelve. Y cuando se vayan esos, otros vendrán, y otros, y otros y otros…

¿Hasta cuándo?

Nadie sabe.

✿

Cerca de la vieja casucha de Inma hay un pequeño cenotafio enrejado, dentro del cual hay varios velones, flores, una figura de la Virgen de la Altagracia, un par de galones de comandante y una foto. Los nuevos residentes del barrio desconocen el nombre del joven militar de la imagen, que lavó sus culpas con sangre y entregó lo único que le quedaba, su aliento de vida, para arrojar un poquito de luz en la cerrada oscuridad de la miseria.

Y todos los años, más o menos para estas fechas, llega al barrio un grupo de mujeres de mediana edad, elegantes y bien vestidas, pasajeras de buenos carros, acompañadas por hijos e hijas bien comidos, y cambian los velones, cambian las flores, limpian, pintan si hay que pintar, y conversan entre sí, y por último rezan, guardan un minuto de silencio, se despiden unas de otras, y se van.

Sus hijos e hijas las miran hacer, maravillados ante el persistente ritual al que no entienden por qué deben ellos asistir… sin saber que les hacen un bien inmenso, que sus madres están compartiendo con ellos un don de incalculable valor.

Porque la miseria no tiene memoria.

Se propaga en el erial del olvido. Se expande como la verdolaga.

Solo aquellos que recuerdan, la derrotan y…

—Ay, mami, por Dios no lo dañes—dice Doris.

—Ibas bien—, recalca Iris—. Te pasaste con el discurso sindicalista.

2017

CRIAR GEMELAS NO es paja de coco. Y menos cuando salen dos como estas.

Mi familia no tiene historial de guaretos, ni idénticos ni de los otros. Esta herencia es cosa de los Carmona y Ángel debió traspasármela a mí como una condena, como un impuesto de guerra, un peaje.

Él dice que los mellizos idénticos son una lotería y que eso no es genético.

Anjá…

A la verdad que hay que pensárselo bien antes de parirle muchachos a ciertos hombres.

Las adoro, pero coño… Mi miedo era que me salieran taciturnas como el padre, pero fue peor: salieron a mí.

Y dos, entonces.

No se callan, no tienen paciencia, en todo se meten, y siempre quieren lucírsela. Fue de milagro que pude terminarles el cuento, y ni terminarlo bien me dejan.

—O sea—dice Doris, la que goza con los tiros—, esta telenovela mexicana tuya tiene como doscientos hoyos.

—¿Hoyos?—exclamo y a mi mente llegan los que hacía Ángel en el campo de Horton. Físicamente son el vivo retrato de la abuela materna. La gente dice que de mí sacaron los codos y los nudillos de los dedos del pie, pero esos ojos con los que me miran son los míos, y el pelo, y esa vocecita incordia…

Dios las bendiga.

—Y eso—dice Iris, la más romántica—, que dique ibas a contarnos absolutamente todo.

Oigan a la otra. Siempre me ha dado un noséqué regañarlas o darles una buena pela, pues me parece que tengo delante a dos Inmas. Hay insolencias que tengo que dejarles pasar.

—Todo lo conté—, les digo, conteniéndome.

—Un sangrero—replica Iris.

—Eso se los advertí desde el principio.

—Ese no es el problema—aclara Doris.

—¿Cuál es el bendito problema, entonces?

—Dijiste que a papi le dieron un tiro en la cabeza—protesta Iris—, pero eso claramente es imposible.

—Horton le disparó a la cabeza—explico—, pero la bala nada más lo rozó. Perdió muchísima sangre.

—¿Y por qué no lo dijiste así desde el principio?

Ven lo que digo.

—No lo dije así porque en ese momento, cuando pasó, a mí me pareció que le habían volado la tapa de los sesos. Yo era una niña, recuerden.

—Pero ahora eres adulta—responde Doris, que nunca

pierde un pleito—, y nos estás contando el cuento ahora, no cuando eras niña. Sabías que no le habían dado el tiro en la cabeza.

Se me escapa un suspiro.

—Le dispararon a la cabeza y punto—digo colérica—. Se cae de la mata que la bala solo lo rasguñó. Próximo hoyo.

Se miran entre sí, contritas. A veces tengo que alzarles la voz. Iris toma la voz cantante.

—¿Qué pasó con el capitán Horton? ¿Y con su esposa?

—Al año Mrs. Horton se divorció del capitán y se mudó a Santiago con un tutumpote que estaba pegado en el gobierno. De soltero, el capitán metía a la casa una muchachita nueva cada tres meses, pero estaba listo. Tenía cáncer. Remató el club de golf y se fue. Lo hospitalizaron en Baltimore. Duró dos años y se lo llevó el diablo. Por allá lo enterraron.

—¿Qué importa Horton?—pelea Doris—¡Acaba de explicar qué pasó con el tesoro! Obviamente que fueron a buscarlo.

—Obvio que sí. ¿De dónde creen que salió el dinero para montar el salón de sus tías? ¿Y remodelar la escuela? ¿Y construir el complejo deportivo Juan Oviedo? ¿Y mantener el centro de salud Puro Maceta? ¿Y fundar el Banco de la Mediana y Pequeña Empresa Francisco Carmona? ¿Y asfaltar todas esas calles? ¿Y pagar el colegio de Amparito? ¿Y mandar a su papá a estudiar afuera? ¿Y a mí? ¿Y a todos los muchachitos que…?

—¡OK OK OK, entendemos!—gritan al mismo tiempo.

—Su abuela todavía tenía muchos contactos en el bajo mun… En la calle. Viejos socios de don Pancho. Liquidó los lingotes sin problema. No se quedaron con todo el dinero, por supuesto, todos los pillos que colaboraron en el negocio se llevaron su tajada. Aun así, Inma conservó la mayor parte. Nunca más nos faltó nada. Ni de lo que necesitábamos, ni de lo que queríamos.

A Inma tampoco le faltaron novios, siempre más jóvenes que ella, y siempre temporeros, nunca a la altura de las circunstancias. "Mascoticas", les llamaba ella, "para calentarme la cama cuando hace falta". Tígueres les llamaba yo, holgazanes y mantenidos. "No te creas que a Puro no hubiera yo tenido que mantenerlo también", me dijo una vez que me oyó calificar así al novio del momento. "Ese vivía en las nubes".

Si sabré yo de eso.

Ahora anda con un señor de lo más serio, de su edad, cardiólogo, viudo, forrado en cuartos. Ese está con Inma porque la quiere, no porque la necesita, ¿y acaso no es esa la diferencia entre ser pobre y ser rico? Todos tenemos los dedos cruzados para que dure el asunto y hay rumores de compromiso.

Clarisa y Melisa se casaron con hombres buenos, profesionales, gente de estar en su casa y criar a sus muchachos, tres que le hicieron a cada una. Y saben muy bien de dónde salen las mellizas, porque fue lo primero que le espetaron cuando las enamoraban, para que no le bajaran con palomerías más tarde, cuando se enteraran por ahí.

Aparte de los lingotes, Inma y las gemelas recogieron todas las pertenencias de Oviedo, las clasificaron, organizaron y archivaron. A mi entender ese es el verdadero tesoro: cientos de fotografías, documentos, cablegramas, cartas y recortes de periódico que pintan un panorama muy diferente de la guerra de abril, y al que ningún historiador ha tenido acceso... Excepto yo. Las usé para mi tesis doctoral. Tengo a Princeton y a Johns Hopkins matándose por el manuscrito.

—¿Y don Chago?—pregunta Iris.

—Enterrado en el cementerio de Villa Mella. Pasó sus últimos años en la finca que le compró Inma en Hato Mayor, convertido en todo un hacendado. Lo visitaban a menudo. Murió diabético. No dejó que lo llevaran a ningún hospital. Invitó a sus amigos, a Inma, al papá de ustedes, a unas hermanas que tenía en El Seibo. Dejó instrucciones de que lo llevaran donde estaba enterrada su mamá. Se despidió de todos y se murió.

—¿Tomás y Simón?—inquiere Doris.

—A Tomás lo mataron en un atraco. Simón emigró a Nueva York y por allá se casó con una gringa. Montó una bodega y le va de lo más bien.

Me ahorré decirles que Simón todavía tiene la bola ocho, pero que ahora las preguntas las empieza diciendo, "Papi", pues jura que Tomás lo aconseja desde el más allá valiéndose del juguete.

Mis hijas se miran una a la otra y luego me miran a mí. Sé lo que quieren preguntar, pero no lo harán. Iris baja los ojos, pero a Doris se le endurece el rostro. Si una de ellas pregunta, será Doris. Pero no lo hace. Tendré que ayudarlas.

—Su abuelo Evelio no murió de un infarto—les digo sin muchos ambages. Iris vuelve a levantar los ojos y Doris suaviza su expresión.

—Pasó tal y como les he dicho. Les cuadra ahora por qué abuela Tudi no guarda ni una sola foto del abuelo en la casa.

Y por qué se niega a acompañarnos al cementerio cuando vamos a visitar su tumba…

Sé lo que Doris está pensando. Se lo puedo leer en el rostro.

—Ese rencor no es tuyo—le digo—, así que dale banda. Con mami me basta y me sobra, y mira que he intentado hacerla entender. Ha pasado mucho tiempo y recordar lo peor de una persona, en vez de lo mejor, lo único que logra es pudrirte el alma. Los muertos hay que dejarlos estar, si no, se te mudan a la cabeza y te apestan la vida.

Doris asiente.

—Aprendan de su papá—finalizo—. Él ha sido mi mejor maestro.

Se echan a reír.

¡Ufff!

Esa fue fuerte. Pero creo que ya fildeamos esa bola de manera definitiva. Aunque uno nunca sabe. Ya veremos la próxima vez que les anuncie que es día de ir al cementerio.

Están de buen humor. Tienen hambre, pero no me han dicho nada. No es necesario: puedo oírles las tripas. Y no de ahora, no. Llevan rato, pero no han querido pedir cena para no interrumpir la historia.

Oigo la puerta de la casa. Oigo los pasos de mi marido que llega del trabajo y, como siempre, me entran unas ganas de dejar a estas dos con la palabra en la boca y correr a encaramármele encima y darle un abrazo y pedirle que nos vayamos lejos, al fin del mundo, él y yo, y que me pasee otra vez por todos esos países que hemos visitado, o que me lleve a los que nos faltan por conocer, y me cuente la historia de lo que ve, que me explique el significado de esos templos y pinturas y estatuas y formaciones rocosas y animales que abundan por esos territorios, que me haga la historia de las constelaciones que adornan la noche de esos lugares.

Pero…

—Pues entonces solo queda una cosa…—anuncia Iris.

—¿Qué?

—¿Cómo que "qué"?—dice Doris, indignada—. ¡Tú sabes muy bien qué!

—¿Qué había en la valija?—dicen al mismo tiempo.

Me echo a reír.

—Buena pregunta, sin duda—dice Ángel, asomándose a la habitación desde el dintel.

La vida es larga y en ella uno conoce una multitud de personas, todas distintas. ¿Cómo es posible que yo me quedara enamorada de este hombre? Fácil. Junto a él me convierto en aquella niña que esperaba en el banquito de la escuela a que le trajeran la ofrenda de incalculables y misteriosos tesoros.

¡Díganme a ver!

Eso y también que, con el tiempo, Maceta se volvió un moreno grande, alto, de mirada penetrante, conversación amena y temperamento enigmático que derretía a cualquier mujer.

O quizá solo me derrite a mí.

Yo no sé. De lo que sí puedo dar fe es de que siempre me lo encontré lindo y sigo encontrándomelo lindo, y ahora más, porque esa cicatriz que le marca el rabo del ojo derecho, como la cola de un cometa, es el ingrediente secreto que convirtió a Maceta en Ángel, al niño en hombre.

Ángel entra a la habitación. Trae consigo la famosa valija y la pone frente a ellas.

—Vamos, mírenlo ustedes mismas.

Las chicas se apresuran juntas a ver la bolsa.

—¡Dame!—grita Doris, arrebatándole la valija a su hermana.

—¡Estúpida!—grita Iris, recobrándola.

—¡Yo primero!—insiste Doris.

—¡Tú después!—se burla Iris, que solo se hace la mosquita muerta, pues la única diferencia real entre las dos es que una pide agua y la otra dice "tengo sed".

Yo sabía que esto sería una mala idea. A veces me cuesta creer que casi cumplen dieciséis.

La valija, por suerte, al ser un souvenir tan importante para Ángel y para mí, siempre está bien abastecida de lo que mejor guarda.

Ángel se las arrebata, la abre.

—¡Paz, paz!—, dice mientras reparte.

Epílogo

De Sarah nunca me preguntaron estas sabichosas. Y debieron haberme preguntado.

Después de lo sucedido se fue de la isla, nadie supo a dónde. Lo que sí he podido averiguar es que en su natal Estados Unidos le esperaba—le espera, más bien, pues no caduca su ofensa—una corte marcial de todo el tamaño. El cargo: alta traición. Seguro que no tardaron mucho en descubrir los dos mazacotes de plomo pintado que había colocado en la bóveda del buque.

Mientras estudiaba en la Universidad de Leiden recibí un día una postal con una foto de las escalinatas de Potemkin, en Odesa, República Ucraniana. En el dorso, escrito en una caligrafía inclinada hacia la izquierda con muchos vuelos preciosistas, decía: Loved your paper.

El breve mensaje no venía firmado.

Un hielo se me metió en los huesos y el corazón casi se me sale por la boca. No boté el corazón de milagro, pero el desayuno sí.

Recientemente había publicado en *Foreign Affairs* un

ensayo sobre la intervención norteamericana de 1965 en la República Dominicana.

Y a ella le encantó.

Tres meses viví a la espera de la bala de francotirador que daría fin a mis días, del equipo de mercenarios que me secuestraría en medio de la noche, del cuchillo que me cortaría la garganta mientras dormía. Comía lo exclusivamente necesario para no morirme de hambre, convencida de que mis platos estaban envenenados.

Inma vino a visitarme al cabo de ese tiempo. Regresaba de Suiza, donde Ángel realizaba una pasantía posdoctoral en el Large Hadron Collider (¿a quién le sorprende que Maceta se haya convertido en un físico experimental?) y pasó a darme la vuelta.

Verla en el umbral de mi puerta y tirármele arriba a llorar fue una misma cosa.

Le conté todo. Cuando terminé, Inma sacó de su cartera una postal con una foto del castillo Kamianets-Podilskyi. Al dorso no había ningún mensaje.

—Maceta recibió una de la Plaza de la Libertad, en Kharkiv—me dijo.

—¿Qué decía?

—Lo mismo que la mía—respondió Inma—. Un carajo.

—¿Y entonces?

—Tú sabes cómo es ese muchacho—dijo Inma—. No le dio mente.

—Está en Ucrania.

—Donde menos está esa guari es en Ucrania. No seas paloma.

—¿Y entonces dónde?

—Juan Dolio.

Se me revolvieron en el estómago los fritos que me había hecho Inma mientras hablábamos.

—¡Qué!

—Tranquila. Eso ya está hablado. Lo que quería decirnos ya nos lo dijo. Y lo que necesitaba de nosotros, ya lo tiene. No habrá más postalitas.

Así que miren nada menos quién recibió una tajada también. Me dice Inma que tiene un ojo de vidrio, que está más vieja y arrugada que el cuero de un chucho, y que se la pasa en la playa poniendo a trabajar a los sanquis.

Yo voy a estar tranquila cuando me digan que se murió.

♣

A decir verdad, yo no sé cuándo será que podremos todos estar tranquilos. Por lo menos yo, que Ángel ni se entera e Inma no le tiene miedo a nada ni a nadie.

Para muestra un botón.

El verano pasado Yubelkis, que emigró a Rhode Island, vino a pasarse las vacaciones con Clarisa y Melisa. Alquilaron una villa en Casa de Campo entre las tres familias. En la noche los hombres se pusieron a beber aparte, como siempre hacen los hombres, y Clarisa, Melisa y Yubelkis se quedaron solas en la piscina.

Como con cinco cervezas arriba, Yubelkis les contó a las mellizas que cuando mataron a Oviedo, ella se quedó con sus dos colines y con el lengua de mime de Mingo.

Los tuvo consigo durante años.

—Una noche —confiesa Yubelkis— yo todavía vivía aquí,

en el Evaristo, tocan a la puerta de la casa y yo digo, Roberto no puede ser, porque él está quedándose con el papá este fin de semana y yo no había quedado con nadie a esa hora. Eran como las once de la noche con un aguacerazo y yo estaba arropada de pies a cabeza viendo una película. Y tocan y tocan. Y yo, ¿pero quién será? Mierda, porque si era un delivery perdido y me hacía levantar de la cama íbamos a tener problemas. Me paro, me tiro una bata por encima y voy a abrir. Y ahí en la puerta hay un haitiano con una camisa roja y unos jeans pegaditos al cuerpo y un viaje de guillos y cadenas y un buen par de zapatos. Un bacano, y sequecito, como que no se está cayendo el cielo allá afuera. Y yo que me le quedo mirando y él que se me queda mirando a mí. Yo no le cierro la puerta, no puedo, por mi madre que no puedo, y pienso, este pití me emburundangó y yo ni cuenta me di. Entonces él alza las cejas, como diciéndome, "¿y entonces?" Y ahí es que yo caigo en cuenta de quién es este peje y qué es lo que quiere. Vuelvo al cuarto, busco debajo de la cama y saco el lengua de mime de Mingo. Vuelvo a la puerta con el lengua de mime en la mano, pero ya el haitiano no está. Digo, se me metió en la casa. Aprieto el lengua de mime y empiezo a buscarlo por todos lados. Y nada. No está. Me empieza a doler la mano, de lo duro que la estoy apretando. Me la miro y tampoco está el lengua de mime. La abro y adentro lo que hay es un caracolito de playa.

Agradecimientos

La de Maceta es principalmente la historia de un niño invencible. La concebí y escribí en el 2014. El primero en leerla fue Ernesto Alemany, que se enamoró de ella, descubriendo al instante su potencial cinematográfico. Su entusiasmo fue importantísimo y contagioso, y sus sugerencias y comentarios, inteligentes y certeros, me ayudaron a definir los arcos narrativos de sus personajes principales. A Ernesto va mi primera acción de gracias. Sin su intervención, ni esta novela ni su adaptación al cine existirían.

Tampoco existiría esta novela ni su versión fílmica sin Linel Hernández, que es un vaso de agua y un día soleado y una brisa fresca; quienes la conocen saben que no exagero. A ella le debo el título del libro y a ella le deben los productores de la película la adquisición de la historia. Linel pertenece a ese reducido grupo de personas sin los cuales nada sucedería en el mundo, un átomo de carbono que lleva, trae, enlaza y produce las moléculas necesarias para la creación de organismos vivos. Gracias, Li.

Gracias también al profesor Rubén Silié, que un día hace ya muchos años me entretuvo con cuentos de la revolución. De todos, ninguno me pareció tan estupendo como el de su periplo por el malecón transportando junto con otros jóvenes un cargamento de rifles sin percutor. Nunca está seguro el escritor cuándo emergerá de las aguas del recuerdo una anécdota tan buena y tan a propósito como esta. Ser afortunado es contar con amigos como el profesor Silié.

El doctor Luis Scheker Ortiz, amigo del alma y padre postizo, me ha hecho muchos regalos en esta vida, y entre los más importantes están sus cátedras sobre don Juan Bosch, a quien me llevó a conocer una mañana hace más de veinte años. De esa visita recuerdo no haber dicho una sola palabra, joven, tímido, y torpe que era, y a don Juan preguntando si el gato me había comido la lengua. ¡Ah, la juventud! Gracias, don Luis, por haber intervenido en la mía.

Otro gigante me llevó a conocer don Luis, por aquella época, a quien quiero agradecer de manera póstuma: don Pedro Mir. Modelé a Puro Maceta a partir de este hombre exquisito y formidable, erudito, compasivo, curioso y profundamente humano. Conversamos en dos ocasiones distintas. El enfisema lo agotaba pronto, pero no lograba diluir la pasión con que trató dos temas de fundamental importancia para él en aquel momento: la Revolución de Abril y la reciente invención del Internet, al que estaba, por su propia admisión, adicto.

La talentosa, risueña y maravillosa Nashla Bogaert quedó prendada de la historia y en especial de Inma, mi personaje favorito. Aprovecho para agradecerle la profunda sensibilidad con que entendió e interpretó a esta fabulosa, compleja y contradictoria mujer, y el cariño con que, junto a Gilberto

Morillo y David Maler, nutrió la adaptación al cine de mi Reinbou.

El Cándido de Voltaire, alumno aventajado del profesor Pangloss, pensaba que vivíamos en el mejor de los mundos posibles. Otros, como yo, respetuosamente diferimos. Pero eso no quita que no pueda admirarme ante personas dotadas de la asombrosa capacidad de entender el mundo de la mejor manera posible, contra toda evidencia. El universo, a fin de cuentas, es un fenómeno que sucede estrictamente en el interior de nuestros cerebros, con lo cual no ha de sorprendernos que este tipo de gente sea feliz, pase lo que pase.

Mi hijo Thiago y mi esposa Wara pertenecen a esa cábala de sonrientes, y yo les agradezco todos los días las lecciones que derivo con tan solo verlos vivir. Por eso este libro es de ellos dos y para ellos dos.

REINBOU

Pedro Cabiya

UNA GUÍA
DE LECTURA

Preguntas para club de lectores y tópicos de discusión

1. La novela tiene como trasfondo histórico
    la guerra civil del 1965 en Santo Domingo,
    República Dominicana, también conocida como la
    Revolución de Abril. ¿Qué similitudes y diferencias
    encuentras en los procesos políticos que sucedieron
    en esa época en la región latinoamericana?

2. Una revolución implica cambios profundos en la
    distribución del poder. Ocurren, por ejemplo, de
    una clase social a otra, de los propietarios a los
    empleados, de los oficiales al soldado común. Según
    esta definición, solo en la revolución de Méjico en
    1910, la de Bolivia en 1952 y la de Cuba en el 1959
    se dan estos cambios en los elementos del poder.
    ¿Es correcto llamar a la revolución a los sucesos
    que tuvieron lugar entre el 24 de abril y el 3 de
    septiembre de 1965, en Santo Domingo? ¿Por qué?

3. La intervención militar de los Estados Unidos juega un papel fundamental en el desarrollo de la trama de la novela y los hechos que sucedieron once años después en el texto. ¿Qué papel ha jugado los Estados Unidos en la política de la República Dominicana y del resto de Latinoamérica? ¿Qué tipo de "intervención" norteamericana experimenta Latinoamérica en el presente?

4. Reinbou es una novela *basada* en hechos reales, con un andamiaje ficticio. Reflexiona acerca de cuál es la *verdad histórica* de la novela.

5. Maceta es un niño optimista que ve todo lo que le rodea con una mirada muy particular. ¿Es esta forma de ver el mundo una defensa psicológica de Maceta? ¿Es esta característica una cualidad o un defecto?

6. El autor deja establecido en la novela la idea de que el mundo es lo que tú decides que sea, la realidad es relativa y subjetiva. ¿Qué opinas de esto? ¿Estás de acuerdo? ¿Por qué?

7. El personaje de Inma llega a un punto de inflexión emocional que le permite empoderarse de su destino. ¿Por qué le tomó tanto tiempo llegar a este punto y cual es hecho decisivo que le permite transformarse?

8. La trasformación es uno de los temas subyacentes en toda la novela; el basurero convertido en campo de golf, las gotas de agua en arcoíris, los héroes

en villanos. Analiza los arcos narrativos de los diferentes personajes y compara sus procesos.

9. Los tesoros de Maceta pueden ser considerados como "basura" si los observamos con ojos convencionales. ¿Qué nos trata de decir el autor? Explica la filosofía de vida que representa Maceta y cómo su visión de la vida y del mundo que le rodea influye sobre los demás personajes. ¿Es esta una filosofía de vida apta para el presente?

10. El secreto de Molina y su relación con Puro Maceta queda revelado en el desenlace de la novela. Analiza esta relación; observa de nuevo las escenas descritas al principio de la novela y cómo cambia tu percepción de ellas luego que descubres el "secreto" de Molina.

11. La pobreza es uno de los temas principales de la novela. La pobreza material y la pobreza de carácter o de espíritu. ¿Cómo se refleja la pobreza en la historia? El autor propone que se puede salir de la pobreza espiritual, parecería que es una cuestión de decisión ¿o no? ¿Qué opinión te merece esto?

12. El personaje de Oviedo, alias el Loco Abril, busca y encuentra su redención. ¿Está verdaderamente loco? ¿Cómo y por qué vive en la forma que lo hace? ¿Qué detona su proceso de redención y por qué?

13. La narradora discute en varias ocasiones el concepto de la historia enterrada, incluso de una

clase social que vive *debajo* del poder estatal y dominada por la oligarquía imperante. ¿Qué nos propone el autor con la novela en términos de desenterrar la historia?

14. ¿Conoces a alguien que haya peleado en la guerra de abril? ¿Algún familiar, conocido, amigo o maestro? ¿Cómo son sus historias? ¿Se parecen en algo a lo que narra Cabiya en *Reinbou*?

15. La guerra de abril no es efeméride oficial en la República Dominicana. ¿Cuál crees que sea la razón? ¿Es que acaso no sea haya alcanzado el consenso de que se trata de una gesta digna de recordación?

16. El título de la novela tiene una recompensa en el segundo acto de la historia, ¿cuál es? ¿Cómo se relaciona con el rol intervencionista estadounidense y el sueño americano?

17. ¿Qué rol juega el idealismo utópico en el activismo de Puro? ¿Y en el de Juan Bosch? ¿Cómo contrasta con los ideales prácticos que han asumido los dos partidos políticos que fundó y que lo sobreviven?

18. Al idealismo de Puro, Inma opone un materialismo descarnado. Discute esta dicotomía.

19. Los nombres de los personajes de esta novela, sobre todo de los principales, tienen un cariz simbólico. Reflexiona.

Otros títulos de Pedro Cabiya

"Mientras otros escritores cultivan géneros literarios, Pedro Cabiya se los inventa. He aquí una novela inclasificable, pero que servirá para clasificar todas las que vendrán después"
Bautismo López-Madison

ZEMI BOOK

PEDRO CABIYA
Tercer Mundo

Orishas, santos, luases, demonios y ángeles retozan en un Puerto Rico fantástico que solo la fértil imaginación de Pedro Cabiya pudo haber concebido. Diferentes ministerios de la burocracia administrativa del multiverso compiten por recuperar la valiosa mercancía de un contrabando sideral abandonado en Santurce, capital de la República Borikwá... Pero sustraer ese botín no será tan fácil como creen. Sátira política y parodia cósmica se combinan en un entramado de espionaje y acción donde las grandes preguntas de la existencia comparten espacio con el humor más profano, produciendo una novela que se resiste la clasificación dentro de los géneros conocidos, anunciando uno nuevo. Precuela de su inmensamente popular novela *Trance*, *Tercer mundo* promete, como su antecesora, una lectura imposible de interrumpir.

Printed in the USA
CPSIA information can be obtained
at www.ICGtesting.com
LVHW040818100124
768548LV00005B/169